希望树·成长书系
XIWANGSHU CHENGZHANGSHUXI

再靠靠你的背

宇昕 / 著

希望出版社

图书在版编目（CIP）数据

再靠靠你的背 / 宇昕著. — 太原：希望出版社，2013.6
ISBN 978-7-5379-6383-1

Ⅰ.①再… Ⅱ.①宇… Ⅲ.①短篇小说 - 小说集 - 中国 - 当代 Ⅳ.①I247.7

中国版本图书馆 CIP 数据核字(2013)第 082821 号

策　　划： 孟绍勇　田俊萍
责任编辑： 田俊萍
复　　审： 柴晓敏
终　　审： 孟绍勇
美术责编： 王　蕾
封面设计： 张亚群　张兴强
印装监制： 刘一新　尹时春

希望树·成长书系
XIWANGSHU CHENGZHANGSHUXI

再靠靠你的背

宇昕 / 著　Starry　黄超翔　郑鸿倩 / 绘

出版发行： 山西出版传媒集团·希望出版社
地　　址： 山西省太原市建设南路 21 号
邮　　编： 030012
印　　刷： 山西新华印业有限公司
版　　次： 2013 年 7 月第 1 版
印　　次： 2013 年 7 月第 1 次印刷
开　　本： 787mm × 1092mm　1/16
印　　张： 12
印　　数： 1-5,000 册
标准书号： ISBN 978-7-5379-6383-1
定　　价： 24.00 元

宇昕的话

对于为什么要写作，而且写了那么多关于童年、关于成长的小说和童话，有时候就连我自己也说不清楚。

直到有一天，一个从小玩到大的玩伴说：“读你的童话，就好像看到了我们小时候的影子，还有我们生活过的那个村庄。”那一刻，我突然明白了我为什么要写儿童文学了。

——是为了怀念自己的童年。

目录

推荐序

作为最新鲜的儿童文学力量，宇昕这一代人对儿童文学有准确的美学定位，他们懂得如何呈现儿童的生活，如何让儿童的主体精神得到充分的体现。

——谭旭东

走近宇昕

《再靠靠你的背》是对少女成长故事的直言。这种直言，是一种文学精神。在中国，在文学界，这种精神毫无争议地流失了。

——常新港

让心灵安静的文字

近几年，儿童文学新人越来越多，写得好但安静的倒很少。宇昕是这很安静的少数之一。认识宇昕，应该有好几年了。我在一些少儿杂志上读到他的小说和童话，感觉他写得很细腻，语言很清新，情感很丰富，而且紧紧地结合自己的生活，尤其是成长的经历，给读者很新鲜的印象。我清楚地记得，三年前，读过他写的儿童短篇小说《带我去一个没有寒冷的地方》，刊登在当年的《童话世界》。小说的语言富有诗意，背景是桃花源般美丽的乡村，一个女孩夏夏和另一个女孩小米，很生动地呈现在读者面前，而且宇昕笔下的她们带着幻想色彩，充满了神秘气息。那篇作品，算是这几年我读过的儿童幻想小说的佳作之一吧。

宇昕的短篇小说几乎都可以归纳到成长小说里去。

《像条鱼一样游在云里》是一篇很不错的小说，它的主题就是成长，聚焦的是少年的情感和内心。初一女孩卡吧啦，学习成绩不太好，但心地很善良。同班男生王小枪学习很优秀，性格却很文静，经常受到其他男生的嘲弄和欺负。卡吧啦看不惯，希望他不再窝囊下去。结果，王小枪改变了，他开始敢于和欺负他的男生对抗，而且也不再软弱。由于这两位少年心灵契合，关系处得不错，老师和同学都误认为他们在早恋。尤其是卡吧啦，因为学习成绩不太好，老师对她有偏见，因此承受了巨大的痛苦。幸运的是，梦境中卡吧啦的父母亲理解了她，这个女孩在梦醒之后看着五颜六色的纸折的鱼，“心情就像这个季节里的阳光一样明媚”。

《鸽子不飞》这篇小说的主题也是成长。故事发生在宇昕的母校所在地——青岛，那是一座美丽的海滨城市。在这篇小说里，他讲述了女孩苏丹的故事。苏丹的妈妈本来不喜欢鱼，也害怕鱼腥味，但为了生活，为了能多挣点儿钱，十几年来她天天辛苦地在又脏又吵的鱼市卖鱼。结果呢，她顾不上拾掇自己，也没空给女儿和丈夫好好做顿饭，以至于丈夫另结新欢。苏丹偶然发现了爸爸的秘密，这个女孩遭受到了重击。尽管如此，她还是告诉妈妈不要委屈自己，因为她已经长大了。后来，苏丹跟着妈妈回到了乡下，离开了青岛这座城市。在这个故事中，按说苏丹面临的是困境，但她却以自己的成长智慧解决了它。她和妈妈快乐地同继父一起生活，并没有因为父母的离异而失去生活的方向。

众所周知，当代儿童小说一个很重要的问题，就是多年来一直不太注意表现孩子的成长智慧。很多作家，在小说里描述的孩子生活大多是正面的，过分强调家长和老师的引导作用，很刻意地把作家的主体意识直接融入到对象之中，很少站在孩子的立场来思考，来书写。作为最新鲜的儿童文学力量，宇昕这一代人对儿童文学有准确的美学定位，他们懂得如何呈现儿童的生活，如何让儿童的主体精神得到充分的体现。于是，他们在书写童年、关注少年、表现成长时，就善于把目光投向苏丹、小米、卡吧啦、王小枪、董和和、何安等，让一个个少女形象鲜活生动而又充满希望地出现在读者面前。而且宇昕让她们把读者带入那一个个特殊的富有张力的内心世界，也让她们把读者带进对成人世界的思考和认识中去。

宇昕是一位很用心写作的人。从《一曲韶华》《董和和，心里有片自由的海》《再靠靠你的背》《路灯下的女孩》和《通往梦里的13号地铁》等作品的标题中就可以看出，他的小说很讲究语言的对应性和象征性。他的作品中，无论标题还是内容，都是统一的，具有很大的可阐释的空间。宇昕的文字很安静。读他的文字，也要有颗安静的心，才可以理解。

希望出版社要出版宇昕的这部集子，这是很值得庆贺的事情。第一部集子，就遇上了一个很好的出版社，而且还是“希望”这两个令人振奋的字。我觉得，这也可能预示着，未来的宇昕会给儿童文学带来更多佳作。

祝福宇昕！也衷心期待！

谭旭东

给宇昕的回信

那天，一位朋友从网上下载了一篇文章发给我，说是让我看看。我以为又是发生在世界某个角落里的趣闻轶事，并不在意。那天恰好是我们乒乓球俱乐部打季度赛，我发挥失常，从甲级队降到乙级队。在聚会的酒桌上，大家拿我当"失败"的典型，心里从"愤怒"到"郁闷"。回到家，在电脑前看了朋友发给我的文章，还记得标题是《常老师，我很想见您一面》，通篇采用写信的方式。写这篇东西的人，就是宇昕，那是几年前的事情了。但是，我记住了宇昕，他真诚的话语和对文学真谛的追寻，感动了我。有一点宇昕不知道：我该谢谢你，是你在那个晚上安慰了我在赛场上落败而沮丧的心情，让我今天还对你感激不尽。

我们俩是在隔空相互“疗伤”吗？我问自己。我突然就想到了一个场景，让我笑起来。常新港是一只在儿童文学领域里的老狗，而宇昕是一只小狗。我们都站在院子里拼命地叫，想让对方听到我们的叫声，结果吵了邻居，并因此呵斥了我们。想想吧，现在的文学，有人听到了你的声音，你就该庆幸，你就该自我满足了。宇昕是一只年轻的充满生命力的血统优良的小狗，不知道哪一天，它还站在院子里仰天狂叫时，一颗流星会划过天际，那是因为——发现了人间的宇昕啊！

有缘的是，宇昕成为我五本书的责编。他在看稿的过程中，给我写过一封信，直言看过的某部小说艰涩难懂，担心孩子们有阅读阻碍。他不像大部分的责编，先恭维你一通，再恭维你一通，至于心里怎么想的，没人知道。

我喜欢直言。

直言，是一种文学精神。在中国，在文学界，这种精神毫无争议地流失了。编者和作家都沉溺于矫情和恭维中。这种“沉溺中的快乐”是不会被人指责和道破的，它就像一张结实的大网，把真诚和坦率变成幼虫，没有怜悯心地粘在世俗的网上。

我又在想，宇昕和我是两条企图挣脱这张世俗之网的幼虫吗？宇昕有两种选择：其一，他看见了这张网，远远地躲开；其二，他被一种力量拽着，半推半就地飞到了这张网上。他心里想，我知道我是谁，我有能力离开它。一旦挣脱，他会在自己的小屋里洗刷自己的身体和灵魂。

这本身就是真文学在世俗社会里的挣扎。

我觉得宇昕在他的内心世界里经常会出现这种无休止的挣扎。他周边的文学环境在干扰和影响着他，他本来在某一段时间和某一刻，已经想清楚了未来的路，但是身后的喧嚣让他无数次地回头顾盼。这是困惑，宇昕是有困惑的。没有困惑的作家，肯定会大书特书大白兔；没有内心挣扎的作家，肯定会爱说爱吃大白菜。

因为，我在书信交往中，在宇昕的作品里，清晰看见了宇昕的困惑和挣扎。一个作家，这是多么重要的特质啊！

是的，我在尝试着接近宇昕。在未来的日子里，我和宇昕还要交往下去，通过文学中的方块字进一步走近，去倾听对方的文学心跳，把可能改变的和不可能改变的牢记在心，融入血液中，流淌在生命里。

至今，我和宇昕未曾见面，但是，我们都已经隐约熟知对方的“可能的文学一生”。这不是序，是写给年轻友人宇昕的一封回信。

常新港

梦成长

《再靠靠你的背》，多么温暖的名字啊，里面的每一个故事都温暖而又美好，读着读着就看到了宫崎骏那些童话的影子。我喜欢这本书，我愿意推荐它。

——狐狸姐姐

在这个快餐化阅读的年代，宇昕静守喧闹都市中贴近心灵的一隅，认真而温情地诉说着他的梦想，讲述着那一段段温暖而感人的幻想故事。《再靠靠你的背》，值得每个人细细品读。

——两色风景

读宇昕的成长小说，心中总会氤氲一层淡淡的忧伤，但这种忧伤是正面而励志的，能给读者传达一种成长的正能量。这或许得益于他的成长经历。

——阿瞳

宇昕的故事

幻想是孩子们应对现实困境的一种有效解决方式吧，尤其是那些多少有着不自信、害羞、内向、不爱说话的女孩们，通过营造自己的幻想世界，达到与现实世界的谅解，从而实现自我成长。宇昕的作品，呵护了这份清新而温暖的艺术世界。

——宝宝妈

像条鱼一样游在云里

1/原谅我是这样的女生

卡吧啦的房间里，挂满了五颜六色纸折的鱼。微风透过窗户的缝隙吹进来，天花板上的鱼就像是活的一样，在空中游了起来。

卡吧啦虽然喜欢做纸折的鱼，但是在别人眼中，她不是淑女。确切地说，她是个假小子。

她的头发很短，正好可以挡住脖子，说话的声音很大，在班里也算是数一数二的。

卡吧啦已经不知道这是第几次被米老师叫到办公室了。“卡——吧——啦”，这三个字之间停顿的时间有点儿长，似乎每个空隙里都放着一颗定时炸弹，随时等待爆炸。米老师这种说话的语气，让卡吧啦觉得很不舒服。

卡吧啦抬起头盯着米老师的眼睛，示意米老师说下去，不要这么磨蹭了。

米老师说："你看看你，还像个女孩子吗？"

"我怎么不像女孩子了？照您这么说的话，老师也不像个女老师。"卡吧啦坚决地捍卫着自己的性别。

米老师半天都没有说话，之后她爆发了，以帕瓦罗蒂的高音喊着："女孩子有教唆男孩子打架的吗？"

"我可没有教唆王小枪和迟子楠打架，那是他自己要打的。我只是对他说了句'男生，不要太窝囊了'，其他的我什么都没说。"

米老师的眼珠子都快要瞪出来了："卡吧啦——难道说这些还不够吗？你还想帮助王小枪打架吗？……连王小枪这样听话的孩子居然都敢打架了！你——卡吧啦，真是一大功臣啊！真是了不起！"很明显米老师并没有夸奖卡吧啦的意思，在她的眼里，卡吧啦就是一颗老鼠屎，整个班级都被她搅浑了。

2 / 我没有做错

"吧啦，你就不能让妈妈省省心吗？"卡吧啦一进门，妈妈的怒气就迎面而来。卡吧啦低着头不说话，走到自己的房间，关上门。

躺在床上，她想了想其实自己没做错什么，相反她觉得自己做得很对。因为她使一个男生变得勇敢。

王小枪个子不高，是班里长得很秀气的男生。班里有些调皮的孩子总喜欢欺负他。王小枪喜欢在空旷的操场上奔跑，喜欢在阳光下投篮。当然，多数时间都是他一个人。

卡吧啦每每看到王小枪，都会涌上一种熟悉的感觉。那种感觉让她感到温暖，感到宁静。她看不惯别人欺负王小枪，时常想站出来为他打抱不平。可她知道，王小枪和她是两个世界里的人。她——卡吧啦，学习不好，还经常和老师作对，在米老师眼里她不是个好学生。而王小枪就不一样，虽然他不爱说话，胆小怯懦，可是他学习好。学习好就是好学生，这似乎是所有老师眼里一个亘古不变的公理。

许多次她都告诫自己："我和王小枪是两个世界里的人，我不能带坏他……"不知道为什么这次她没有忍住，她走过王小枪身旁的时候，停了下来，语气坚定地说了句："男生，不要太窝囊了！"

卡吧啦能够想象出为什么米老师听到她唆使王小枪打架时，会那么气愤。因为很明显，米老师已经把卡吧啦划到无可救药的那拨学生里了。

王小枪似乎被卡吧啦的话刺激到了。那天下午，当班里的那群捣蛋鬼男生再次围着他，准备找茬儿的时候，王小枪吼道："都给我滚开！老虎不发威，你们还真当我是病猫！"结果呢，王小枪就和他们打了起来，后来米老师急匆匆地赶来："你们在干什么？王小枪，说你呢，还不快住手！"因为过于震惊，她说话的腔调一下子就变得尖利起来。

"打架门"事件过后，再也没有男生找王小枪的茬儿了，有时他们还会约王小枪一起去打球。

王小枪很感谢卡吧啦，莫名地他对这样一个女生有了好感。

3 / 我喜欢王小枪

班里不知道从什么时候开始传出了这样的流言：王小枪喜欢卡吧啦。

这句话最后传到了米老师的耳朵里，就是王小枪和卡吧啦在早恋。

“卡吧啦，你现在还是个学生，根本不懂得什么是爱情！千万要以学业为重。退一步说，就算你不学习，也不要带坏周围的同学！”面对米老师的指责，卡吧啦一头雾水。

“米老师，”卡吧啦看了看米老师，“您什么意思？您是说我早恋？虽然我学习不好，可是我没早恋。老师不能随便冤枉自己的学生吧？”

“我……我……你是说我冤枉你？班里的同学都知道你和王小枪早恋，你还不承认？王小枪成绩那么优秀，他哪里有心思去早恋？还不是你带坏的吗？”

米老师的话像一把把小刀，扎到卡吧啦的心里。阳光透过窗户照进来，她的眼睛里是一闪一闪的泪光。

第二天，王小枪的妈妈猛地推开门，冲进教室：“谁是卡吧啦？谁是卡吧啦？”

卡吧啦吓得直接站了起来。

“‘卡吧啦’，就冲这个奇怪的名字，就知道你不是个好孩子。小枪可是我们家的心肝宝贝，他哪里知道什么情呀爱呀的？听说你和他早恋？真是太不像话了！你说说，你怎么不学点儿好呢？”

“我是喜欢王小枪，我就喜欢他，怎么了？”卡吧啦不知道哪里来的勇气说出这样的话。说完之后，她一头就跑了出去。

4 / 幸好只是一场梦

卡吧啦把弟弟卡鹏鹏丢了。

卡吧啦去买冰激凌的一会儿工夫，弟弟就不见了。

卡吧啦的爸爸妈妈出去找，妈妈的话语里充满了怨气：“吧啦这孩子就不能让我省省心，这么晚了，鹏鹏还能找回来吗？”说着说着，妈妈就抹眼泪。

爸爸扶着妈妈的肩膀：“我们再找找吧，一定会找到的！”

不知不觉他们来到了“云中鱼”游乐场。弟弟卡鹏鹏最喜欢这里的旋转木马。多少次，卡吧啦和弟弟缠着爸爸妈妈来坐旋转木马啊！

“孩子她爸，我们赶快离开这里。快——快——我不想在这个地方多待一分钟。”妈妈的情绪有点儿失控。

在妈妈转身的那一刻，她看见不远处站在旋转木马前的卡吧啦。她的脸上，两行泪像奔腾的河水无休止地往下流。

“鹏鹏，你在哪儿啊？这些年，我一直都想让妈妈也喜欢我。我把自己打扮成假小子，像个男孩子一样疯啊闹啊！我没有想替代你。我真的真的不是故意把你弄丢的。鹏鹏，我的弟弟，你到底去哪儿了？”卡吧啦哭得浑身直打哆嗦。

“鹏鹏，你知道吗？我们班有个叫王小枪的男生，看到他的第一眼，我就想到了你。他有着和你一样清澈的眼睛，一样干净的脸庞。而且他还和你一样，十分胆小。我一直都把王小枪当作像你一样的亲弟弟，可是……他们却说我早恋！鹏鹏，姐姐不该带你出来坐旋转木马！姐姐不该跑去买冰激凌，把你一个人丢在这里，姐姐对不起你……”

卡吧啦没有再说下去，双手捂住脸，号啕大哭起来。

爸爸妈妈早就站在了卡吧啦的身后，紧紧地抱着卡吧啦。卡吧啦看到爸爸妈妈，哭得更伤心了。

“爸爸妈妈，我不是故意把弟弟弄丢的，我也没有早恋。”

爸爸妈妈“嗯嗯”地点头。

风从窗外吹进来，卡吧啦突然觉得身上有点儿凉。“姐姐，你在干什么呢？大白天的，怎么就做起了白日梦？”

写着写着作业怎么就睡着了？这一觉真的好长啊！卡吧啦揉了揉惺忪的双眼，眼前站着弟弟卡鹏鹏，微微上翘的嘴角露出了一个好看的笑容。

——原来一切都只是梦。

幸好只是一个梦。看着房间里五颜六色纸折的鱼随风轻轻晃动，像是飞在云里的小鸟，自由、快乐，卡吧啦的心情就像这个季节里的阳光一样明媚。

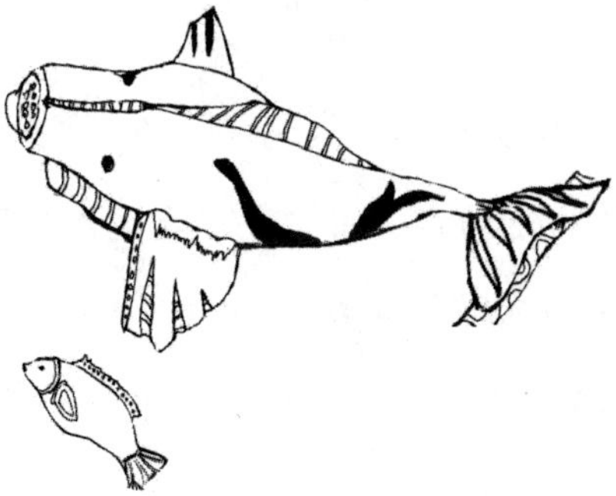

一首歌里的相遇

1 / 我不是个老师喜欢的孩子

又下雪了，年年盼的冬天，每年都会如期到来。

夜深了，外面的路灯亮了！纷纷扬扬的雪花在路灯的光晕里泛着黄色的光。从窗户朝外望去，到处都是白茫茫的一片。白天的那个世界，好像一下子消失得无影无踪了。

林欣欣在自己搭建的“小洞穴”里享受着温暖。她很喜欢把厚厚的被子搭成洞穴，然后哆哆嗦嗦地钻进去，嘴里还念着：“我的小洞穴啊，真暖和啊！”只有窝在小洞穴里，林欣欣才能找到安全感。

躺在洞穴里，塞着耳机，听着一首歌不停地重复播放。“小兔子乖乖，把门开开……”林欣欣已经12岁了，可是还总喜欢听这样的歌。有同学跟她说：“不要这么幼稚好不好！你是不是现在还看《喜羊羊与灰太狼》啊？”

林欣欣不管这些，难道她林欣欣喜欢听什么歌，还用得着别人管吗？那也太不自由了吧！

听着听着，林欣欣哭了。

人为什么要长大呢？小时候盼着长大，可是长大之后，又多么想回到小时候啊。

林欣欣今天又被老师骂了。米老师说：“林欣欣，看看你这次的小测验！怎么做的啊？都错了，没有一道题是对的！”

好像自从上次那场合唱比赛失利之后，米老师动不动就找林欣欣的茬儿。林欣欣一直都这么想，肯定是米老师看她不顺眼。

上次年级组织大合唱，一切都安排好了，临上场的时候，米老师告诉全体同学要好好发挥，不会唱的只张嘴别出声就行了。

唱歌的时候，林欣欣站在最后一排，因为这个位置不显眼，即使不会唱也不会被人发现。这也是米老师特地给林欣欣安排的位置。

因为林欣欣是个不爱说话的女孩，一说话就会脸红，更别提唱歌了。米老师为此也说过她，可是林欣欣好像总有块东西卡在喉咙里，说句话就能噎死似的。所以，林欣欣很少说话。

大合唱刚开始的时候，旋律响起，每个人都激情澎湃地唱着，只有林欣欣没有张嘴，她怕唱错给班级丢脸。坐在台下的米老师看起来很满意。

可是没过一会儿，合唱队伍里就传出异样的声音，这歌声难听到大合唱几乎无法进行下去了。

米老师急得额头上直冒汗，她侧着耳朵仔细听，终于弄清楚那声音来自林欣欣。米老师气得直跺脚，林欣欣却浑然不觉地在台上唱得很尽兴。

正全身心投入演唱的林欣欣，被米老师拽了下来，林欣欣还没反应过来是怎么一回事，就已经被拽到了后台。

“林——欣——欣，你想气死我啊！”林欣欣能感到米老师身上正燃烧着熊熊烈火，而且这热量慢慢向林欣欣逼近。“告诉你多少次了，这次大合唱，不会唱的同学不要张嘴。林欣欣，你有没有听啊？”

2 / 小兔子乖乖，把门开开

上次，米老师的责骂让林欣欣哭了整整一个晚上。睡觉的时候，她的MP3里放着“小兔子乖乖，把门开开”。听着听着，林欣欣就睡着了，睡梦中的她还是不停地掉泪。

从那以后，本来就很少说话的林欣欣基本就不再说话了。在班里，没有太多人注意林欣欣，米老师也没有再批评过她，因为沉默之后的林欣欣没有给米老师闯过什么祸。

沉默，对于林欣欣来说，是另一种反抗。

这样的夜晚，不止林欣欣一个人在听着这首《小兔子乖乖》，还有许多孩子，他们也在听这首歌。他们有的不愿意说话，有的害怕见陌生人……几乎很少有人懂他们。

一首舒缓的童谣在他们的耳边回荡，他们睡得很沉。在这首歌里，他们才真正拥有了自己的世界。这个世界和别人的不一样，有可爱的兔子，还有坏坏的大灰狼。睡梦中，他们仿佛走进了这个童话世界。

林欣欣说着梦话："我想唱首自己的歌，不管同学老师怎么看我，不管我的声音怎么不好听，我只想做个和别人一样爱说爱笑的孩子。"

说着梦话的林欣欣，眼角处淌下泪来。

是啊，林欣欣是个不爱说话的孩子，可她也想和其他孩子一样被人表扬，被人重视，被人记得。

3 / 变成了兔子

音乐里的兔子，在一蹦一跳地朝这些孩子奔过来，它们把这些孩子拉进了那个童话的世界。林欣欣不相信，居然有这么多人也喜欢听这首童谣。她好像突然遇到了知音似的，和这些小伙伴们开始玩耍起来。

那些可爱的兔子蹦啊跳啊，它们唱啊笑啊，一会儿的工夫，林欣欣的耳朵变长了，身上长出许多白色的绒毛。哎哟，林欣欣居然变成了兔子！再看看周围的小伙伴们，也都变成了兔子。林欣欣一张嘴居然说的是兔子的语言，其他的真兔子都能听懂林欣欣的话了。这下可好了，他们可以好好待在这里了。

变成兔子之后，妈妈一定不会认出他们，老师、同学也不会认出他们。一想到不用返回那个现实的世界，而一直都能以兔子的样子待在童话世界里，林欣欣就笑出了声。

许多兔子们在前面一蹦一跳的，林欣欣也跟着在后面蹦啊跳啊，离家越来越远喽。

世界就这样被抛在身后了。

一群兔子跳跃在草原上，天上飞过了云彩，还有大大的太阳，世界多么美好！

只是，林欣欣突然想起了爸爸妈妈，不知道他们会不会着急得疯掉，不知道米老师和那些同学会不会想起她。

一定不会的！林欣欣这样一个不起眼的人怎么会引起他们的注意呢。

林欣欣还有那些伙伴们，和真兔子生活在了一起。好几个月过去了，他们无忧无虑地生活着，完全忘记了自己曾经是人类。

兔子们每天都会整理自己的窝，然后出去寻草吃。

有一天，一个伙伴急匆匆地跑回来："不好了，不好了……"

"什么事，是不是遇见了大灰狼？"林欣欣问。

"不是，不是，我看见一群兔子。他们向我们这个方向走来了，看

样子想要侵占我们的领地。”

“或许不是，他们可能也是一群不喜欢说话、不被人理解的孩子，他们应该也喜欢听那首童谣。”林欣欣唱了起来，“小兔子乖乖，把门开开……”

“嗯，走，我们去欢迎这些新来的伙伴吧！”

4 / 大人们失踪了

第二天，奇怪的事情发生了：林欣欣的父母、米老师以及林欣欣的同学都消失了。他们去了哪里没人知道，警方发现一件有趣的事，他们在失踪之前都用手机或者MP3听过这样一首歌：“小兔子乖乖，把门开开……”

夜深了，窗外月色皎洁。林欣欣在她的“洞穴”里做着这个奇怪的梦，还有她的同学和老师都在做着同样奇怪的梦。

或许，等到第二天梦醒之后，他们都会重新认识周围的人，重新爱身边的人。

鸽子不飞

1 / 妈妈眼中只有鸽子

妈妈是卖鱼的，却喜欢鸟。

一大早，妈妈就去鱼市忙活她的鱼了。青岛这座城市靠海，住在城里的人们都喜欢吃点儿海鲜。妈妈当初选择做海鲜生意，并不是没有犹豫过。她不喜欢鱼，很不喜欢，从来不吃鱼，也无法忍受鱼身上的那股腥味。但是做海鲜生意能多赚些钱，妈妈最后毫不犹豫地投身其间。

每天回家，妈妈都要冲两三次澡，打许多肥皂和沐浴乳，才能去掉身上的腥味。虽然如此，爸爸回来的时候，一进屋总会说："又是这股腥味，真难闻！"

用一块粉色毛巾裹着湿漉漉头发的妈妈，正站在阳台上喂那只鸽子。笼子被吹进来的风刮得前后晃动，鸽子在鸟笼里跳来跳去。

“妈，那鸽子都快赶上老母鸡了，你还喂啊！”苏丹不知道妈妈怎么就那么喜欢那只肥嘟嘟的鸽子，似乎在妈妈的生命里，除了卖鱼就是喂鸽子，家对于她来说已经不重要了。

“吃饭啦！”妈妈扯着嗓子喊。

苏丹对晚饭是没有什么期待的，肯定又是乱炖。好像自打记事起，在她的印象中，妈妈只会做一样菜，那就是乱炖。一家三口很少在家里吃饭，如果吃饭，就会吃乱炖，这一吃就是十几年。苏丹真的吃够了。

走到餐桌前，不出苏丹所料，桌子上端端正正地摆放着一大碗乱炖。苏丹板起脸转身回屋，妈妈在后面喊她：“丹丹，不吃饭，你干吗？”

“我要回屋换件衣服，出去吃。整天都是乱炖，谁能吃得下啊！”

爸爸坐在桌子前，扒拉着碗里的米饭，顺便夹了一口菜。眼见着苏丹转身，他也放下了筷子。

“丹丹，坐下来吃饭。”

“不吃，要吃你们自己吃！”

妈妈站在那儿愣了半天，转身去卧室翻自己上衣的口袋，拿了20块钱。

苏丹穿好衣服正开门往外走的时候，妈妈上前把钱塞给了她：“拿着，到楼下的饭馆吃点儿自己想吃的。”

苏丹抬头看了妈妈一眼，隐约看见妈妈的眼睛里有一层薄薄的雾。

2 / 鱼市里的妈妈

周末，苏丹一个人在家。外面的阳光很好，照进屋子里，亮堂堂的。苏丹忍不住走到阳台，朝窗外望去。

街上人来人往，车辆排成了队，不耐烦的司机"嘟嘟嘟"地按起了喇叭。苏丹的好心情一下子被搅乱了。

关上窗，瞥见挂在晾衣架上的笼子，肥肥的鸽子正站在杆上朝外面看，不是盯着苏丹，而是远方。

这只肥鸽子除了吃饭、睡觉之外，剩下的时间就只能这样盯着远方。苏丹看到鸽子的那一刻，想起了妈妈，就好像妈妈和鸽子是一体的。妈妈生活在自己的世界里，鸽子也是，所以妈妈才会和这只鸽子这么好吗？

苏丹这么想着，随手拿了件衣服出了门。她情不自禁地朝妈妈所在的鱼市走去。

鱼市里的吆喝声此起彼伏："瞧一瞧、看一看啦，刚打上来的宽刀鱼，5块钱2斤啦……"脚下的腥水错综复杂地流成了小河。踩上去，水渗进鞋里，鞋里面变得黏糊糊的，这股腥味从鞋子里漫到了全身。苏丹觉得浑身不舒服，于是加快了脚步。

远远地就看见一位阿姨正和妈妈讨价还价，天气太热，妈妈额头上豆大的汗珠直往下掉。最后妈妈没有心情和阿姨较真了："好了好了，5块就5块吧。"那个阿姨提着鱼走了，妈妈用围裙擦了擦手，把5块钱整理好放在腰边的包里，脸上露出了微笑。

妈妈的嘴角干裂着口子，连口水也没来得及喝，又继续忙活了起来。

"鲅鱼便宜卖啦，便宜卖啦……"

苏丹心里有个堵着的泉眼，现在破了一道口子，里面的泉水一下子涌出来，涌到了眼眶。她没有再往前走，而是转身跑回家。

妈妈的吆喝声突然停了，眼睛盯着空中的某个点，自言自语道："我好像看到了丹丹……一定是看错了，这里这么脏，她很少会来的……"她凝神沉思了一会儿，又接着吆喝起来。

3 / 爸爸，我不认识你了

一天，放学回家的路上，苏丹经过一家咖啡厅，余光扫过咖啡厅一侧靠街的窗户，一张熟悉的脸映入眼帘。本已经走过去的苏丹又往后退了几步，瞪大了眼看着玻璃后面的人。

爸爸！居然是爸爸！他正和一个漂亮的女人坐在咖啡厅里打情骂俏。

那一刻，苏丹的大脑像是被抽空了似的，有一种窒息的感觉。苏丹抚着胸口，大口地喘着气：“不可能，这绝不可能！”她的声音近乎哽咽。

瘫坐在地上的苏丹，捡起身边的一块石头就朝玻璃窗上砸去。“噼里啪啦”的声音打破了咖啡厅里两个人的浓情世界。女人惊恐地偎依在爸爸身边，就好像他们才是两口子似的。

苏丹狠狠地骂了一句脏话，就往家的方向跑去。

咖啡厅的服务员赶出门：“混蛋！小丫头，你别跑，你给我站住！”

“你骂谁混蛋呢？她是我女儿。”爸爸拽着服务员的衣服，目光停在苏丹的背影上。

苏丹一边跑，一边抬起一只胳膊挡住脸。“丹丹——她——哭了。”爸爸的心像是被人重重地捅了一刀。

到家的时候，妈妈正在厨房做饭，见苏丹回来了，便招呼她说：“丹丹，回来啦！”

苏丹没有回答妈妈，径直走到卧室，摔上门，躺在床上，眼里的泪又掉了下来。

“丹丹，在屋里干吗呢，出来吃饭啊。你爸今天不回来吃了，要在公司加班！”

“不吃，我不吃！女人要想留住男人的心，必须留住男人的胃。还有，妈妈，你应该让自己漂亮些，那是女人的天性。”此时的苏丹显得比妈妈还成熟，妈妈一下子愣在了那里。

苏丹的话刺痛着妈妈的心，妈妈有点儿喘不上气，扶着门框，低着头，额头的虚汗直往外淌。“其实，我早就知道你爸他……我为了你好，所以才不把这层窗户纸捅破。你要理解妈妈。”

“妈妈，你要对自己好一些。我已经长大了！”

吃完饭，妈妈拿着鸟食到阳台上喂她的鸽子：“肥肥，幸好你还陪着我，我的心才能踏实一些。你就是我的伴儿，我的伴儿！”

4/飞吧，飞吧

爸爸很晚才回家。他在楼下徘徊了好久，不知道该怎么解释发生的一切，尤其是面对这样一个正上初中的女儿，她比成人更加敏感、脆弱。爸爸的烟一直没断过，一根接一根地抽着，直到看见屋里的灯灭了，他才吐掉了嘴里的烟蒂。

当他打开房门的时候，灯亮了。

“你终于回来了。”苏丹这次没有喊“爸爸”，她觉得妈妈辛辛苦苦地照顾这个家，而他却辜负了妈妈。他不配做爸爸。

“你们离婚吧！”苏丹说得很平静，也很自然。

从卧室里走出来的妈妈，惊讶地看着苏丹，半天都没缓过神。“丹丹，妈妈不想离……”妈妈告诉苏丹，为了她，妈妈这辈子凑合着过就行，根本不渴求什么爱情了。

当离婚证拿到手的时候，妈妈一直在哭。虽然离婚协议书上把

这个房子给了妈妈，苏丹也跟了妈妈，可是她失去了一个丈夫，女儿失去了爸爸。失去这个男人，家就不完整了。

“妈，你过得不幸福，家再完整有什么用？”

阳台上的鸽子朝屋里看着，它好像明白这个家里发生了什么，于是转过头去，不忍心再看。

很长时间，妈妈都没从离婚这件事里走出来，她深深地陷在里面。

暑假的时候，苏丹提议：“妈妈，我们回乡下去看姥姥吧，正好可以散散心。”

妈妈点头说好。

苏丹和妈妈回姥姥家，一路上妈妈都不说话，笼子里的那只肥嘟嘟的鸽子好奇地看着外面的一切：乡间小路，红花绿树……

回到乡下的妈妈，显得开心多了。

“乡下真好，或许我们本来就属于这里。”

是啊，我们本来就应该属于这里。当时妈妈为了爸爸，离开了家乡，来到了城里。现在爸爸离开这个家了，那个城市已经没有一个地方值得妈妈和苏丹去想念了。

因为一个人，恋上一座城，也因为一个人，离开了一座城。

“妈妈，我们以后就住在这里吧。姥姥一个人也怪孤单的，我们正好和姥姥做个伴。”其实苏丹是想妈妈离那个伤心的地方远一些，这样她心里的伤口就不那么痛了。

最终，妈妈把城里的房子卖掉了，和苏丹留在了乡下。苏丹转到乡下一个教学质量还不错的中学。

妈妈不再卖鱼了，而是在小镇上开了一家服装店。服装店虽然挣不了多少钱，但是妈妈比以前开心多了，因为她又结婚了。苏丹的新爸爸是隔壁饭馆的小老板，人胖胖的，看上去很老实。

苏丹看着一桌子新爸爸做的菜，举着酒杯说："我替妈妈高兴，也替自己高兴，以后再也不用吃乱炖了。另外，我祝妈妈和新爸爸永远幸福。干杯！"

妈妈看着笼子里的鸽子，流下了泪。

妈妈放下了碗筷，打开鸽笼的门，说道："飞吧，肥肥，去寻找你的自由与幸福吧！"妈妈的声音是发颤的。

鸽子伸出头，试探性地朝外面望了望，扑扇了两下翅膀，却再也飞不起来了。

幸运的是，妈妈却飞了出来。苏丹这么想着，脸上露出了微笑。

董和和，心里有片自由的海

1 / 未来是什么？

上不完的辅导班，做不完的作业，考不完的试……没完没了的压力，让董和和喘不上气来。

眼看着就要放暑假了，爸爸妈妈还要正常上班，而董和和呢，却要上辅导班，要练琴，要练唱歌，要练舞蹈……妈妈常常告诉董和和："一个女孩子，以后找工作可不容易啦，所以多一门特长，以后就多一条出路。"

对于一个12岁的女孩来说，现在就考虑未来的事情或许真的早了一点儿。董和和心里憋着一肚子的气："妈妈，未来——未来人都会死，你怎么不直接让我坐着等死？"

董和和的话，给了妈妈沉重一击，她站在那里半天都没反应过来。

从此之后，妈妈再也没提过“未来”这两个字，不过改成“以后”了。“现在找工作这么难！不好好学习，以后可怎么办啊？”

“烦死了……”三个字之后，就听见董和和狠狠地关上了门。

站在窗前看着天边的飞鸟，董和和吹起了口哨，想要挽留它，可鸟儿并没有停下的意思，它越过了高楼，飞向了远方。

语文老师问董和和：“你以后的理想是什么？”董和和看了看窗外：“离开这个城市！”

在老师眼里董和和有点儿叛逆，绝对不是乖孩子。“哎，董和和，你说你，这是什么理想？你说你以后怎么办？”

董和和听不下去了，又是“以后”。

“我要的是属于我的童年，而不是什么以后。”

2 / 董和和失踪了

“和和，我爸爸上个周末去青岛出差了。他说青岛的海好蓝、好美，还特地给我带了一些贝壳——喏，送你一个。”同桌王静静把握在手里的贝壳递给了董和和。

接过贝壳的那一瞬间，董和和浑身一阵抽搐，像是被电到了一样。

“把它放在耳朵上，就能听到海浪的声音了。你试试！”

董和和微闭上眼，听到了贝壳里有海浪的声音，一声一声的，若有若无。

夜深人静的时候，功课繁重的时候，爸妈忙碌的时候，她都会从枕头下面拿出这个宝贝，把它轻轻地靠在耳朵上，就能听到海浪拍打礁石的声音，还有海鸥的鸣叫声……

从那以后，董和和就开始认真听课、好好学习了。有时候也会烦，可是有那个贝壳在，她就觉得心里舒服多了。

从来不怎么喜欢干活的董和和，突然干起了兼职。每逢周末，她都会抽出时间去家门口的水果摊帮叔叔阿姨卖水果，每次都会收到20块的“工资”。

妈妈看到现在的董和和，似乎看到了未来，忍不住会心地笑笑。

董和和的零花钱也多了。妈妈说：“看到你这么懂事，妈心里也高兴，以后自己在学校买点儿好吃的补补脑子，多喝牛奶……”

董和和总是点点头，回到房间后，她会把那些钱原封不动地放到枕头底下。

零花钱越来越多，可董和和却越来越瘦。

有一天，班主任打电话给董和和的妈妈，问董和和怎么没去上学。听到这句话，妈妈几乎晕倒。

董和和失踪了。

3 / 变成一条鱼吧

爸爸妈妈发动所有的人找她，可谁也没消息。最后，妈妈在董和和的枕头底下发现了一张字条。

爸爸妈妈：

我要去看看海，去寻找本应该属于我的童年。你们放心，我靠兼职攒了一些钱，加上妈妈给我的零花钱，应该能够安安全全地去青岛。

听王静静说，那是个美丽的城市，有一片蔚蓝的海。

你们别担心我，我会好好的。

坐在火车上，董和和看着车窗外的风景，想象着爸爸妈妈读到信时的表情，眼角渗出了一滴泪。她在车上迷迷糊糊地睡了一觉，梦里遇见了一位天使。天使告诉董和和，可以帮她实现一个愿望。董和和说，她想变成一条鱼，游在海里。

正当天使准备说什么的时候，董和和听见列车员说："前方到站是终点站——青岛站，请下车的乘客提前做好准备。"董和和的美梦就这样被扰乱了。

来到海边的董和和，亲耳听到了海的声音，看到了海的蔚蓝，兴奋地跳了起来。揣在兜里的贝壳掉了出来，董和和伸手去拣。

"贝壳，谢谢你。我终于看到海了。是你让我对青岛充满了希望，对大海充满了希望。现在我终于来到了青岛，看到了日夜思念的海。再也不用想未来了，再也不用想那些繁重的功课了，再也……"说着说着，董和和就稀里哗啦地哭了起来。

"贝壳，我送你回家——"董和和拿着贝壳朝海里面走啊走啊，她想把贝壳送回家。

水漫过了腿，漫过了胸……她把贝壳放进了水里，贝壳在水中摇摇晃晃，沉了下去。没过一会儿，一个面容清秀的小男孩从水里游了过来，浑身闪闪发亮。

"小姑娘，谢谢你让我回到了家。"

"嗯？谢——谢什么？"

“我就是那个你刚才放入水里的贝壳。离开家这么久，现在终于回来了，谢谢你。”

“哦，哦……不客气。”

“你有什么愿望吗？我可以用我的魔力帮你实现一个愿望。”

董和和不敢相信自己的耳朵，难道自己刚才在火车上做的梦就要变成真的了吗？

“我——我想变成一条鱼，永远游在这片海里，自由自在，无拘无束。”董和和说出了自己的要求，她想要自由的生活。

“那好吧，我答应你的要求。”

董和和真的就变成了一条鱼，游在水里的感觉真好，那么自由，那么快乐。

4 / 妈妈自愿变成海

“和和，和和……”董和和好像听到妈妈在叫自己。她问贝壳：“刚才是不是有人在叫我？”

“哦，刚才是有个女的急匆匆地朝海里奔过来，她说她要找她的女儿。她的女儿不见了，她求我把她变成海水，融入这片大海。即使女儿不见了，她也可以好好保护女儿。当时我听得直愣神，不过最终还是答应了她的要求。或许变成海水之后，她会找到她的女儿。”

“你……贝壳……你是说她变成海水了？她是我妈妈！你……”董和和晕了过去。

不过迷迷糊糊中，她似乎听到贝壳对她说：“女儿变成了鱼，妈妈自愿变成海。这是你们的选择！其实与我无关。”

5 / 看看海

董和和醒来的时候，已经躺在医院的病床上了。周围有班主任、爸爸、王静静，还有其他一些同学，他们都来医院看董和和。

“孩子，你怎么这么傻啊？怎么就——就跳进了海里呢？有什么想不开的，跟爸爸说啊！爸爸……”话还没有说完，爸爸就开始抹眼泪了，“你妈妈——她为了救你，也跳进了海里，幸好被人救了上来。”

这时，病房的门被推开了，住在隔壁的妈妈走了进来。看到董和和醒了，妈妈高兴地和爸爸抱在一起大哭。

“和和，妈妈刚才做了个梦，梦见你变成了一条鱼，我变成了一片海。你知道吗？妈妈以为我们都到了天堂，所以才会有这么奇怪的梦。我是被吓醒的。”妈妈顿了顿又说，“孩子，妈妈知道给你的压力太大了，以后你喜欢上什么辅导班，咱们就上什么辅导班，不喜欢上的咱不上。以后妈妈多陪陪你，不再给你压力了。”

“妈妈，我想——”

“想什么，告诉妈妈。”

“我想每年都去青岛看看海，可以吗？”

“嗯，什么时候想去，妈妈都陪你去。不过不许再往海里跳了，知道吗？”

董和和不好意思地笑了，侧了侧身子。这时，她感觉手里好像有什么东西。

是那个一直陪伴她的贝壳。她把贝壳放在耳边，这次贝壳里传来的不是海的声音，而是一个小男孩的声音：“和和，好好活着！看看窗外是什么？”

董和和朝窗外看了看，窗外是灿烂的阳光。

生活原来这么美。

6/心里有一片自由的海

没有再参加辅导班，也没有父母和老师施加压力的董和和，成绩反而越来越好。谁也不知道是什么原因，只有她自己知道。

因为她心里有片自由的海。

再靠靠你的背

1/最爱我的奶奶走了

奶奶说等我长大了，就带着我去乡下看她养的兔子。那些兔子就养在奶奶家的屋后，一大群兔子呀，数都数不过来。

奶奶说她很想回去看看，已经好些年没回去了，老家一定变了样子吧。

我一直很好奇奶奶的家是什么样子的。自从记事以来，奶奶就和我们生活在一起，我们的家就是奶奶的家。奶奶怎么还会有家呢？

突然有一天，奶奶就安静地睡了过去。一觉不醒。

妈妈说奶奶老了，她需要好好休息，好好地睡一觉。

我用力地摇着躺在床上的奶奶，奶奶紧闭着双眼，一声不吭，好像根本就没听到我说话。

“奶奶，醒醒呀，你不是说要带我去乡下看看你养的那群兔子吗？你怎么不理我啊……”

奶奶还是不肯醒来。

爸爸妈妈那些天带着睡在匣子里的奶奶独自去了乡下，他们想让奶奶再看一眼那座老房子。这是爸爸妈妈后来才告诉我的。

去了乡下的奶奶，就再也没有回来看我。

妈妈还是那句话：“奶奶太累了，想回去好好休息休息了。”

我却偏偏不听，摇着妈妈的胳膊：“我要去乡下看奶奶！”

妈妈默不作声地别过脸去，身子一颤一颤的。

她哭了。

2 / 奶奶的背

那一年，奶奶一个人坐着铁皮火车来到这座城市。那是她第一次坐火车。

是爸爸妈妈去接的她。下车的时候，奶奶脸色苍白，嘴里喃喃自语：“终于到了，终于到了……”

这第一次坐火车的经历，对于奶奶来说，一定是不好受的。

当奶奶看着妈妈怀里抱着的我，还在大口喘气的她露出了一丝微笑：“我的乖孙女，奶奶来看你啦！”

看着眼前这张陌生的面孔，我竟然莫名地大哭起来。

我这一哭，奶奶不知所措，像个犯错的孩子。妈妈哄我：“不哭，不哭……奶奶来看你呀……”

奶奶伸出手就要抱我，我却不依不饶地哭着。当奶奶把我整个儿都抱在怀里的时候，我没有再哭，而是冲着她傻傻地笑。

像所有生活在城里的人一样，妈妈生下我没几个月，就开始忙她的工作了。至于爸爸，当然更没有时间照顾我了。

那时，他们就商量着让奶奶来城里照看我。

奶奶喜欢背着我，我趴在她的背上，去过许多地方。

她喜欢背着我到小区后面那座不高不矮的山上挖野菜，一挖就挖一篮子。我趴在奶奶的背上，看着她挖野菜，自己也忍不住想下来挖。

“奶奶，我想下去。”

“不行，你还小。”

最后，我只能乖乖地听奶奶的话，趴在她的背上。

第一次上幼儿园，是奶奶背着我去的。她背着我上学，背着我回家。靠在奶奶的背上，我感到了从未有过的温暖。

后来我长大了，奶奶变老了，背不动我了，她就拉着我的小手去幼儿园。幼儿园离小区不远，奶奶的腿脚不利索，走得很慢，我有时挣脱奶奶的手，跑在最前面。

奶奶就在后面喊：“词词，慢点儿……慢点儿……别摔着……”

结果，“扑通”一声，我很不争气地摔到了地上。接着就是哇哇大哭，眼泪像断了线的珠子，“吧嗒吧嗒”直往下掉。

奶奶蹲下来，用袖子往我脸上蹭，边擦泪边跟我说：“磕着没有啊？以后别再乱跑啦。”

奶奶一下一下地拍着我的后背，我这才不哭了。

3 / 回到兔子村

我是没有告诉爸爸妈妈，就一个人出来的。这是我第一次坐火车，就像当初奶奶来城里一样。只不过，奶奶坐火车是为了来看我，而我是为了去看望奶奶。

这次出逃是蓄谋已久的，我把妈妈给我的零花钱、压岁钱全都攒了起来，只为买一张车票。

车票买好了，带着一书包好吃的东西，我就一个人上了火车，去那个被奶奶叫作兔子村的地方。

兔子村真的有很多兔子吗？是不是兔子村的每户人家都养着兔子啊？奶奶家在兔子村的什么位置呢？

我的小脑袋瓜里装满了疑问。带着这些疑问，我开始随着火车的呜呜声启程了。

“呜呜呜，呜呜呜……”火车飞快地前行。

起初，我瞪大眼睛好奇地望着窗外飞驰而过的麦田、行人，心里暗自高兴。现在离城市越来越远，离奶奶越来越近啦！

可是没过多久，我所有的好心情就被翻山倒海的恶心折腾得烟消云散。我终于体会到奶奶第一次坐火车时的那种难受劲儿了。

火车经过了一个又一个的村庄，迷迷糊糊中，我睁开了眼睛。

窗外，没有高楼大厦，映入眼帘的是一片片金灿灿的油菜花。隔着玻璃，人们都仿佛能闻到油菜花的芳香。

我把整张脸贴在窗上，眼睛一刻都不想离开。

直到火车驶入了一条长长的隧道，昏黄的灯光亮起来时，我才转过脸。

车厢里，竟然——一个人都没有。

他们什么时候下的车，我居然都不知道。这一觉醒来，只剩下我一个人。看样子，兔子村在一个很遥远的地方，没有人和我同路。

过了隧道，眼前又恢复了光亮。我再次向窗外望过去的时候，看到的是一片蔚蓝的海。

列车缓缓地驶过海面，水里的鱼自在地游来游去。

再往前看，看不到尽头，蔚蓝的一片海铺在我的眼前。原来，奶奶家在那么遥远的地方啊！

奶奶，我正漂洋过海地来看你，你会不会就在兔子村的村口等我呢？

正想着，看着奶奶站在窗外的海面之上，冲我招招手，好像在说："词词，奶奶在这儿啊，奶奶一直在这儿等你。我的乖孙女，你终于来了。"

"停车，快停车……"我跳起来，敲着窗玻璃，眼睁睁地看着奶奶一个劲儿地后退。

"奶奶……奶奶……"眼泪忍不住掉下来，我的整个身子缩成了一团。

泪水打在手背上，我才醒过来。

原来只是一个梦呀。奶奶根本就不在窗外，兔子村还没有到。

正想着，列车喇叭里传来报站声："兔子村车站到了，请下车的乘客收拾好自己的行李，准备下车。"

到了？到了！

想着马上就要见到奶奶了，我再也抑制不住自己兴奋的心情，离开座位，跑到车厢门口。

4 / 背背我，花兔子

车门打开的那一刻，“兔子村”的站牌静静地立在那里，像是专门等着我的到来。

沿着幽深的小路往兔子村里走，还没走多远，几只兔子跳了出

来，灰色的、白色的、黑色的……它们足足有一米多高，那一瞬间，我简直不敢相信自己的眼睛。

一只花兔子跳到我面前，满脸不高兴地问："你是谁？你来这里干什么？"

"我……我来找我奶奶……"我结结巴巴地说着。

"你奶奶叫什么？"

"我奶奶就叫奶奶啊……"

花兔子好像有些不耐烦了："这里没有什么奶奶，你走吧！"

"你骗人！奶奶说她就住在这里，还养了一群兔子。"我真的有些生气了。

"要见你奶奶也可以，但得答应我一个条件。你要把我的野菜照看好，然后你才能见到你的奶奶。"花兔子说。

"野菜？"

"是呀！森林里有一片野菜，很久都没人浇水、锄草了，所以你要去做这些事。不然，我们兔子吃什么呀？"

这群兔子真是过分，还要吃什么野菜！兔子不是什么草都可以吃的吗？居然还这么挑食？

为了见奶奶，我只好勉强地点了点头。

那只花兔子一蹦一跳地靠近我，用前爪指了指自己的后背。

我不解地问："干吗？"

"去森林里帮我照看那些野菜呀！"

我极不情愿地爬到它的后背，还没等我抓牢，花兔子就一蹦一跳地朝前去了。

我用力抱着它的脖子，生怕自己会掉下来。它背上的毛软软的，靠上去很舒服，让人不知不觉想起了奶奶的后背。

奶奶曾经就是这样背着我的呀……

正蹦蹦跳跳的花兔子突然停了下来，转过头问我："你哭了？"

我下意识地摸了摸自己的脸颊，是湿的。

5 / 奶奶，你回来了吗？

每天，花兔子都会把我带到森林里给这些野菜浇水和锄草。野菜不多，所以活儿也不多。

花兔子把我送到这里，自己就会蹦蹦跳跳地离开，它说它要去找它的宝贝。

"宝贝？什么宝贝啊？"我问它。它不说，它说不要多问，只管看好野菜就行。

每天傍晚的时候，它都会来接我，然后把我安顿在兔子村的一个小草房子里。

晚上我靠在花兔子的身边，安静地睡去。

一直这样做，天天这样做，这些野菜慢慢地长高了。

太不可思议了，我这些天居然忘记了来兔子村的目的，整个心思都放在怎么才能照看好这些野菜上了。

而这之前我几乎失去了对一切事情的兴趣。不对，我只对一件事情感兴趣，那就是每天都想念我的奶奶。

当这些野菜都长高的时候，我拉着花兔子问："你答应的事，应该兑现了吧？"

花兔子好像什么也不知道似的："什么事呀？"

它居然忘记了。

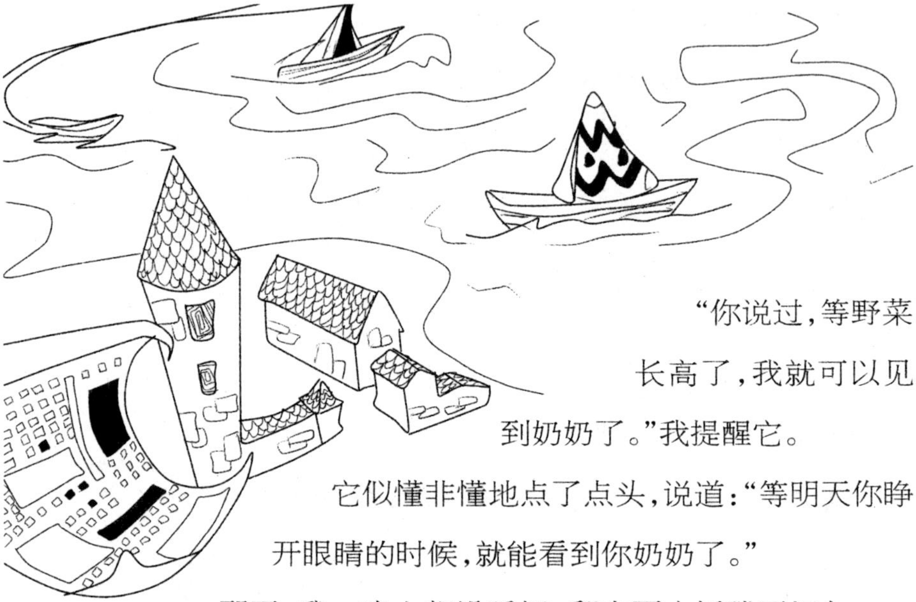

“你说过，等野菜长高了，我就可以见到奶奶了。”我提醒它。

它似懂非懂地点了点头，说道：“等明天你睁开眼睛的时候，就能看到你奶奶了。”

那天，我一晚上都没睡好，翻来覆去折腾了好久。一想到就要见到奶奶，我就更睡不着了。

第二天，阳光照在我的脸上，我睁开眼，屋里根本就没有奶奶的影子。桌子上放着一盘圆滚滚的包子，我拿起一个咬了一口，是野菜馅儿的包子！

“花兔子！花兔子！你在哪儿？”我大叫。

门“嘎吱”一声打开了。花兔子问：“什么事啊？”

“花兔子，这包子是奶奶包的吗？她人呢？”我几乎哽咽地说。

“这个包子就是用森林里种的野菜包的，那些野菜是你奶奶吩咐我种的。她说啊，只要野菜长高了，就能找到我的宝贝了。”花兔子满眼的惆怅。

“你的宝贝？”

“是啊，我的宝贝孙女走丢了。野菜长高的时候，我的孙女就会出现了！我该走了，我的孙女还在森林里等着我……”说着，花兔子一蹦一跳地朝森林的方向去了。

“那我的奶奶哪儿去了？我要见奶奶！”我声嘶力竭地吼道。

花兔子离我越来越远，那背影分明像极了奶奶。

“奶奶，是你吗？”

花兔子不说话，转过头冲我笑：“早点儿回家，爸爸妈妈在家里等你呢！”

6 / 花兔子就是奶奶呀

列车再次经过兔子村的时候，我带着那一盘野菜馅儿的包子上了车。

没有见到奶奶，我心里充满了遗憾。

列车“呜呜呜”地启动了，

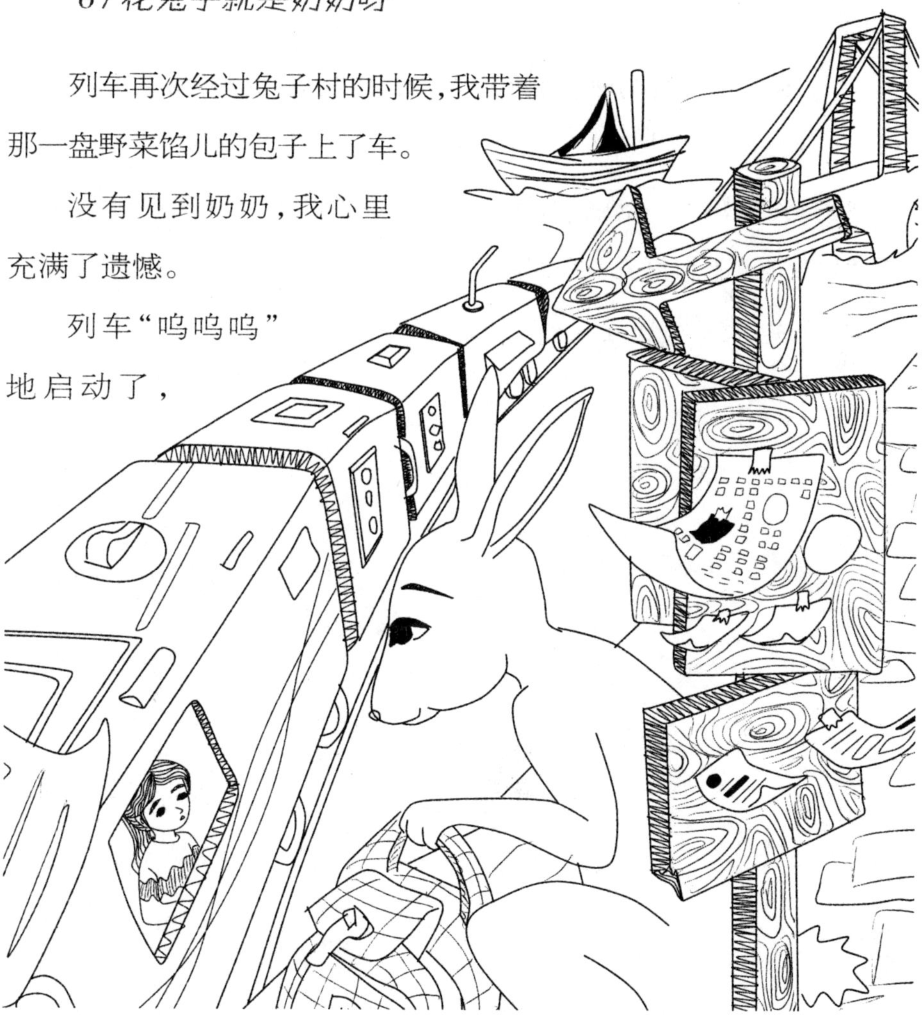

冲着蔚蓝的海开去……

窗外一只花兔子正站在站牌前冲我招手。

当它转身要走的那一刻，我看见了它软软的后背。背上是我的小书包！我嘴里咬着的包子，一下子掉在了地上。刚才小书包明明背在我身后的呀！

掉在地上的包子里露出一张纸条——

词词：

书包留给奶奶吧，奶奶想你的时候就看看你的书包。

“奶奶，奶奶……”任凭我怎么喊，花兔子都不肯再回头。

“奶奶，我还想再靠靠你的背。”

忍不住，我还是哭了。

蓝夏，愿做你的一颗牙

1 / 奶奶一定是睡着了

很小的时候，奶奶就告诉我，小孩子长大后就会换牙了，牙齿会一颗颗掉下来，然后再长出新牙。于是，我就天天盼着长大，很想看看牙齿掉下来的样子。奶奶还说，上排的牙齿掉下来，要埋在石缝里；下排的牙齿掉下来，要扔到房檐上。

我问奶奶为什么，她说这是祖辈传下来的规矩。只有那样做，孩子才能健康地成长。我半信半疑地点点头，心想：等第一颗牙掉下来的时候，就和奶奶一起把我的牙处理掉。

可是还没等到我的第一颗牙掉下来，奶奶就离开了。

临走的时候，奶奶躺在床上说："蓝蓝，奶奶要出去旅行了。用不了几年，你或许又能见到奶奶，还会见到你的爸爸妈妈。记着等奶奶回来啊！”

我傻傻地站在那里，轻轻地点点头。

那时我只有4岁，我叫蓝夏，奶奶喜欢叫我蓝蓝。从我出生就没见过爸爸妈妈，奶奶常说爸爸妈妈去了很远的地方，从那里往回走啊，得走很长很长一段路呢！可能要走好几年呢！

爸爸妈妈要走好几年才能回来，等他们回来我就可以和爸爸妈妈在一起了。

奶奶走的时候，我没有哭，我以为奶奶睡着了。一想到以后可以见到爸爸妈妈，我心里真是高兴极了。

2 / 掉牙啦，我掉牙啦

奶奶走后，我被几个阿姨带到镇上一个叫社会福利院的地方，那里有许多孩子。我经常和他们在一起玩，在不算宽敞的院子里，几个小伙伴一起玩游戏，嘻嘻哈哈笑作一团。

可是晚上我还是会想起奶奶，以前每天睡觉前她都会给我讲故事，教我唱儿歌，我听着听着就会沉入梦乡。可现在……

睡不着，翻来覆去都睡不着。快快长大吧，快快见到爸爸妈妈吧！这样晚上就有人给我讲故事了，就有人给我唱摇篮曲了。

有一天，我拿着沾满鲜血的牙齿去找照顾我的王阿姨。

我一边跑，一边喊：“掉牙啦，我掉牙啦。”

结果所有正在玩耍的孩子们都转过头来看我，我拼命地跑，嘴里不停地大声喊：“掉牙啦！我掉牙啦！”

当看到我大汗淋漓，像是捧了宝贝似的捧着自己牙齿的时候，王阿姨惊讶不已。

“蓝夏，牙齿上面怎么这么多血？快张开嘴，我看看哪颗牙掉了？”

我乖乖地张开嘴，血从嘴角慢慢地流出来，我用手去擦，结果手上也沾满了血。

没错，牙齿是我磕掉的。当时我忍着痛，硬生生地把上排的一颗牙磕掉了。

“只要开始掉牙，我就长大了。用不了多久，我就会看到爸爸妈妈和奶奶了。”

王阿姨抱着我，我趴在她的肩膀上，这时几颗湿湿的泪珠滴在我的后背上，凉凉的。

3 / 遇见牙精灵

6岁那年，我真正开始了第一次掉牙。那时，我正和小伙伴一起玩“捉迷藏”，刚玩了一会儿，嘴里就突然多出一块什么东西。我用舌头舔了一下那个东西：“呀，是牙齿！”

我吐了出来，捧在手心上，高兴坏了。

“下排的牙齿扔房檐”，我一直都记得奶奶的话。

摊开手，看了看王阿姨，看了看周围的伙伴。

“扔吧，扔吧。”

“掉牙啦，说明蓝夏长大了，扔吧……”

我抬头把牙齿抛到屋顶，阳光好刺眼，竟然没看到牙齿是不是落在了房檐上，只是听到“啪”的一声，就那么一声，便安心了。只是抛出去的那一瞬间，不知道为什么，我的眼角莫名地掉下一滴泪。

之后，几乎每隔一段时间我就会掉一颗牙，7岁时我已经全部换完了牙。

第四颗牙掉下的那天晚上，我兴奋得睡不着觉，偷偷趴在窗户上往外看：

银白的月光下，院子中间站着一个小男孩，四五岁的样子，白皙的皮肤，远远看去像一个瓷娃娃。他冲我微笑，冲我招手，好像在说：“快出来玩吧！快出来玩吧！”

我冲他点点头，他笑得更开心了。

到了院子里，他带着我捉萤火虫，带着我飞过一片片的树林，带着我来到曾经和奶奶一起居住过的村庄。我看见老房子里有一盏灯，奶奶正在补衣裳。我想喊奶奶，可老屋的灯熄了，奶奶或许要睡觉了吧！

“见到奶奶高兴吧？”瓷娃娃像个精灵，他完全懂我的心思。

“嗯，高兴。”我一边点头，一边看着老房子掉泪，“奶奶在我4岁的时候就走了，她说自己去了很远很远的地方。原来，奶奶一直都住在这里啊。”

“是啊，奶奶没走。你心里装着奶奶，所以她就不舍得走了。”

“谢谢你，谢谢你带我来这里。”

“不客气啊，这是我应该做的。谁让我是牙精灵呢？”

“牙精灵？”

“对啊，我就是你掉下的第一颗牙，待在屋檐上的这些年，我早就变成精灵了。”

“好神奇，那我其他的牙齿也会变成精灵吗？”

瓷娃娃并没有回答我，转身消失了。

4 / 哪里可以买到爸爸妈妈？

醒来的时候，已经是凌晨3点了，我躺在自己的小床上。屋外的月光洒满了院子，可是那个瓷娃娃却不在。

难道这只是一个梦吗？

连续好几天，我都盼着瓷娃娃能再次出现，可是他再也没有出现过。

那天晚上，天阴阴的，像是老人生气的脸，层层的乌云就像老人额头上的皱纹。

我想找瓷娃娃玩，于是出了院子，走过小路，经过一片散发着清香味儿的绿草地，我试图在每一个角落里找他。人呢？怎么就不见了？也许真是一个梦吧。

我放弃了寻找，转身往回走。这时，雨水毫无征兆地从天而降。

好大的雨啊，浑身都淋湿了，衣服贴在身上，我连步子都迈不开。雨水打在脸上，我睁不开眼，好不容易才往前走了几步。

可转眼的工夫，雨似乎一下子就停了，不过头顶上还是传来“滴滴答答”的声音。

抬眼望去，我看见两张微笑的脸，叔叔撑着伞，阿姨把我搂在怀里。真的好温暖。

“孩子，走，我们回家。”阿姨微笑着说。

“你们是？”我用惊讶的眼神打量着他们。

“我是你的妈妈啊！”

"我是你的爸爸啊!"

当时的我哭得泣不成声,他们怎么会是我的爸爸妈妈呢?我的爸爸妈妈早就去世了。其实当我掉下第四颗牙的时候,我就告诉周围的伙伴,我又长大了,长大了就可以见到爸爸妈妈了。一位小伙伴说:"你爸爸妈妈早就不在了,我那次听王阿姨说,他们在一场车祸中死了。”

当时的我怎么也不相信，自己怎么会没有爸爸妈妈呢！我把床头的存钱罐砸碎了，拿着那些一毛、五毛的硬币去找王阿姨：“王阿姨，我想要个爸爸妈妈，什么商店卖爸爸妈妈，我想去买一个爸爸，还要买一个妈妈。”

王阿姨抱着我哭起来，我也哭了。

所以说，他们根本就不是我的爸爸妈妈。

“我们是你的爸爸妈妈。”

“是啊。”

“不是……不是……你们不是我的爸爸妈妈！”我声嘶力竭地喊着，整个身子抖得厉害，最后醒来了。

醒来的时候，周围是白色的墙，白色的床单，穿着白色衣服的叔叔阿姨正围着我。

王阿姨趴在我的床头：“蓝夏，你终于醒了，你已经发了好几天的烧。外面那么大的雨，一个人跑出去怎么能不生病呢？”

没说几句话，王阿姨的泪珠又从眼角淌了出来。

我看着天花板，轻轻地闭上了眼睛，眼泪也流了下来。

5 / 他们都来了

我不知道那天晚上看到的像瓷娃娃一样的男孩，还有所谓的爸爸妈妈是不是真的存在，又或者爸爸妈妈其实也是牙精灵变的，我真的不敢确定。

那些年过去了，我的梦里时常会出现四颗可爱的牙齿跳来跳去，好像要说什么话，却无法说出口。这样的梦境，一直持续到我10岁生日的前一天晚上。

那天，我吹完了蜡烛，闭上眼睛，要许愿了。可是，竟然不知道许什么愿。我只想奶奶说的话能够变为现实，可是爸爸妈妈和奶奶都已经走了，怎么还会再回来呢？

我放弃了许愿的念头，睁开眼，居然看见了那三张熟悉的面孔，“爸爸”、“妈妈”还有那个男孩。

我忍不住叫了声“爸爸”和“妈妈”。

他们惊讶了半天，然后“哎”了一声，开心地答应着。

后来我知道，他们其实不是我的爸爸妈妈，他们只是来收养我的，那个瓷娃娃一样的男孩是他们的儿子，后来成了我的弟弟。

“我好像在梦里见到过你们。”我说。

“真的吗？我们好像也在梦中见过你。”爸爸妈妈说，“是牙精灵告诉我们的，他说你就在这里。”

真是不可思议。

真像是一个美丽的童话故事。

现在，我已经12岁了，前两天我又梦见了牙精灵。他们说：“我们不能陪你长大了，你现在的爸爸妈妈还有弟弟，会替我们陪伴着你。”

“可是他们只有三个人啊！你们不是四个牙精灵吗？”

他们笑了笑，什么也不说。

第二天一大早，爸爸妈妈叫我起床：“蓝夏，快起床，奶奶从乡下来看你啦！”

我下了楼，看到一个和蔼可亲的奶奶站在我面前，她冲我微笑，在她的微笑中，我看到了以前奶奶的样子。

……

谢谢你们，我可爱的牙精灵！我冲天上的爸爸妈妈还有奶奶露出了微笑，我想他们现在一定也是微笑的吧！

一曲韶华

1 / 丑小鸭能变成白天鹅吗？

我相信，当我生下来，发出第一声啼哭的时候，妈妈一定像其他母亲一样，应该是微笑的。但是我确定当她看到我这张脸的时候，肯定哭得像那个季节的雨，连绵不绝。

从出生的那一刻起，就注定了我将是别人眼中的丑小鸭。因为我的右脸上面有块紫色的胎记，巴掌大的一块，像万能胶一样死死地贴在脸上。

起初，我年少，不懂事，无所谓什么美丑，还经常会在小伙伴面前炫耀脸上那块紫色的胎记。

“我和你们不一样，我脸上有胎记，你们有吗？”

有一次，邻居家的女孩——左小燕飞快地跑回家问她妈妈："妈妈，为什么乔易水的脸上有紫色的胎记，而我却没有呢?"妈妈不假思索地说："那有什么好羡慕的，等乔易水长大了，她会羡慕你的。"

是啊，上了小学后的我，开始渐渐意识到自己的不一样。许多人都在背后指指点点："那个女孩真丑！"当我从他们身边走过的那一刻，眼泪一下子就涌出来。我却不敢用手去擦，我怕他们说我是个爱哭鬼。

我家里没有可以用作镜子的东西，只要有任何映出我影像的东西，都被我砸碎了，一件都不剩。

每天夜里，我喜欢一个人静静地哼唱一首连自己都叫不上名字的歌，轻柔的歌声流淌在夜空中，而我也就慢慢地睡着了。梦中，丑小鸭变成了白天鹅，飞到很远很远的地方。

一连好几天，我都没有去上学。妈妈说我病了，需要在家好好休息。

你不知道，我是多么庆幸自己可以不用去上学。不上学，就不用听那些刺耳的议论，不用看那些轻蔑的目光了。

一个人在家，妈妈怕我寂寞，给我买了MP3。有了MP3之后，我整天塞着耳机，把最喜欢的一首歌调成单曲循环，连着听好几天都不觉得腻。也许，寂寞的孩子都是这样的吧。

一次，我像往常一样，在网上闲逛，搜索着能让我不感到寂寞的歌。无意中，逛到一个叫"易水湖"的音乐网站。

易水湖上只有一首歌，音乐中，有叮叮咚咚的水声——"嗒……嗒……嗒……"，一个空灵的声音在唱着：

“我是你的天使，
我在街上独自流浪，
忘记了来时的方向。
我是你的天使，
我在拥挤的人群中，
没有好看的面庞，
我一直都在微笑着假装坚强。
是你带我去寻找美丽的王国，
让我不再迷茫……”

我还隐约地看见了一片华丽绽放的蔷薇花，粉粉的，像婴儿可爱的脸。如果我的青春是这样的颜色，该多好！

一个男孩站在蔷薇花之间冲我招手，他明媚的笑舒展了我心头所有的悲伤。

……

“易水……醒醒，怎么趴在桌子上睡着了？赶快上床睡觉，这样病才好得快。医生说你的病好多了，再过些日子就可以上学了。”不知道什么时候，我居然趴在电脑前睡着了，又是妈妈过来催我睡觉了。我瞥了一下挂在墙上的时钟，已经11点半了。

电脑里放着那首淡淡的歌：“我亲爱的天使，你在街上独自流浪，忘记了来时的方向……”

2 / 我是蔷薇花仙子？

清晨的阳光很刺眼，我听到那支熟悉的歌曲一直在耳畔回响，似

乎昨晚的歌声依然在回荡。透过玻璃窗，我看见那个男孩在窗外冲我微笑，嘴角咧成一个好看的弧度。

“妈妈，妈妈……外面有个男孩在冲我笑！他唱的歌可好听了。”

“傻孩子，你又产生幻觉了。过两天我陪你去医生那里看看，就没事了。好好在家里休息，饭菜都在桌子上，妈妈去上班了。”妈妈叹了口气，摇了摇头，走出了家门。

我发誓我看见了那个男孩。可发誓有什么用呢？

我轻轻推开窗，怕惊扰了窗外那个男孩。“我在这里啊，我在这里啊，跟我来啊。”他的声音如一条线牵着我飞出去，风从耳边掠过，花香偷偷地溜进了我的鼻子里。是蔷薇花的香味。

当那个男孩在一片蔷薇花中停下来的时候，我也从空中缓缓地降到地面。蔷薇花旁是一汪清澈的湖水，闪闪的湖面晃得眼睛都有点儿疼。空中飞翔的小鸟真好看哪，它们长着五颜六色的羽毛。仿佛在做梦，我狠狠地在手臂上掐了一把，能清楚地感到疼，看来不是在做梦。不过下手太重，疼得我眼泪都出来了。

“这是哪里？你是谁？”我好奇地看着眼前这个清秀的男孩。

“呵呵，我是青蛙王子啊！我负责掌管这一地的四叶草。”我顺着他的眼睛，看到满地翠绿的四叶草。

“你一定不记得自己是谁了吧？”

我点了点头，不过反应过来之后，又猛地摇了摇头。“我怎么不知道自己是谁啊？我是乔易水，我是青一中学初一的学生。”

“呵呵……”他又傻傻地笑了起来，“你知道你为什么叫乔易水吗？”废话，这是父母给我起的名字，哪有那么多为什么？他似乎能猜透我的心思：“这名字是你父母起的没错，可是‘易水’这两个字与这池湖水有关。”他指着身边的那池湖水。

“你本来是这里的蔷薇仙子，有一次你私自下凡，之后再也没有回来。要不是上次听到你的歌声，我还真不知道什么时候才能找到你。易水，你最喜欢这池子里的水了。以前，你没事的时候，就喜欢唱着歌在这里玩水。这些你都不记得了？”

青蛙王子？蔷薇仙子？易水湖？这倒不像是人间，像是童话里的世界。

“我亲爱的天使，你在街上独自流浪，忘记了来时的方向。我带你去寻找那美丽的王国，让你不再迷茫……”他又唱起歌，这首歌真的好熟悉，我情不自禁地和声唱起来。

“我真的是蔷薇仙子吗？你见过我这么丑的仙子吗？”我敢打赌，眼前这个男孩肯定是在和我开玩笑，抑或是怀着一种同情的眼光来可怜我这只丑小鸭。

“你长得多看好啊！是童话世界里最美丽的仙子了。只是脸上沾了点儿土，洗掉了就好。”说着他就拉着我来到易水湖畔，示意我用湖里的水把自己的脸洗干净。我掬起一捧湖水，朝脸上泼洒开来，清凉的湖水洗去了我所有的不愉快。

当湖水再次平静下来的时候，透过湖水，我看见一张白皙的脸，细弯的眉毛如一弯新月，大大的眼睛扑闪扑闪的，显得灵气十足。

“这是我吗？这是我吗？”我高兴得泣不成声。

我这只丑小鸭终于变成白天鹅了。

“是你啊，这才是蔷薇仙子，活泼开朗的蔷薇仙子。如果能唱首歌，就更像以前的你了。”

我大声地唱歌，欢快地跳舞。眼前的青蛙王子看起来比我还开心：“你的歌声真好听！以后难过的时候，就唱首歌吧。我会及时出现在你的面前。”

“好啊，青蛙王子！哈哈哈……”我从来没有这么开心过。

他是第一个说我好看的男孩，虽然他是青蛙王子。

3 / 那首温暖的歌

朦胧的视线中，我感觉一滴凉凉的水滴在脸上，完全睁开眼睛后，我看见妈妈的眼泪向我袭来。妈妈哭了，是不是我又让妈妈担心了？

“易……水……你终于醒了，你病了好几天，你不知道……妈妈……有多……”妈妈哽咽着，没有把话说完就别过脸去，浑身直哆嗦。我伸出手臂挽着妈妈的肩膀：“对不起，妈妈！让你担心了。”没想到我的话一出口，妈妈哭得更厉害了。妈妈真是个孩子，比我都爱哭。

“妈妈没事了，只要你好好的，妈妈就高兴。”

难道我这几天真的病了？那个说自己是青蛙王子的男孩，难道只是我的一个梦吗?

我不信,我起身跑到洗手间,打开水龙头,放了一盆水。对着盆中的水,我看见一张干净的、毫无瑕疵的脸,那就是我。我真的去过易水湖,我真的见过那个青蛙王子!

晚上,我、妈妈和爸爸一起看电视,我跟他们说起班上那些戏弄我的男孩,还有嘲笑我的女孩,说得那么自然,似乎在说别人的故事。爸爸妈妈都很认真地听,我说着说着就笑了,爸爸妈妈却哭了。

“妈妈,我想明天回学校上学,可以吗?”

“好……好……好……”妈妈连连点头,爸爸却紧紧握着我的手。

第二天,我带着阳光般的心情去了学校,我看见左小燕冲我笑,还有班里那些男孩都盯着我看。我主动和他们打招呼:“好久不见,想死你们了!”他们一个劲儿地傻笑:“易水,你……回来了。对不起,是我们害你生病了。”想不到这些调皮的男孩居然也会说“对不起”。

可我生病怎么能怨他们,是我自己走不出以前的影子,一直活在别人的世界里。现在,我终于可以仰起头做我的白天鹅了。

我回来的真是时候,市里要举行歌唱比赛,每个学校只有一个参赛名额。不过我还是信心满满地报了名,要知道我可是蔷薇仙子,我的歌声很好听,这些都是青蛙王子亲口说的。

放学的时候,班主任让我去她的办公室一趟。“乔易水,学校决定让你代表青一中学参加这次市里的比赛。”听到张老师的这句话,我幸福地快要晕倒了。原来当女孩变漂亮之后,可以有这么多机会,有这么多快乐。

晚上,我一个人站在窗前,看着外面像泼了墨一样的夜晚,想起那个易水湖畔的青蛙王子。我要把我参赛的消息告诉他,可是他在哪儿？

对了，青蛙王子说过，以后我难过的时候就唱首歌，他会及时出现在我的面前。现在我很快乐，不知道唱首歌他会不会出现。

“我亲爱的天使，你在街上独自流浪，忘记了来时的方向……”歌才唱了一句，那个帅气的青蛙王子就出现在我面前，嘴角是一成不变的笑。

我赶快把好消息告诉了他。他说：“你的歌声这么好听，一定会得第一名的。”

“到时，你一定要来听我唱，为我加油打气哦。”

“好，一定，一定。”

这时，浩瀚的夜空飞来一颗流星，那一瞬间，我许了一个愿。

“希望就这样一直幸福下去。”我在心里默念。

4 / 每个女孩都很美

比赛那天终于到了，我是最后一个出场。当站在台上向下望，看见满满的人时，我居然没有一点点紧张。似乎这一刻，我已经等了许多年。

最后一排有个男孩冲我笑，还向我竖起大拇指。没错，那个男孩就是青蛙王子，他真的很守约，为我加油来了。

我在舞台上唱着那首熟悉的歌：

“我是你的天使，
我在街上独自流浪，
忘记了来时的方向。

我是你的天使，
我在拥挤的人群中，
没有好看的面庞，
我一直都在微笑着假装坚强。
是你带我去寻找美丽的王国，
让我不再迷茫……”

我给这首歌取了一个很俗的名字——“每个女孩都很美”，不过我很喜欢这个名字。

当我唱完这首歌，眼睛湿湿的，台下寂静了好久，然后响起了雷鸣般的掌声。模糊的视线中，我看见青蛙王子露出了满意的笑，转身朝门外走去。

下台之后，我朝门外跑去，他已经消失得无影无踪，好像从来都没有来过。

回到后台化妆间的时候，我已经哭成了一个泪人。我拿着手帕擦脸，视线渐渐清晰，我看见镜子里是一个右脸长着胎记的女孩，我伸手摸摸自己的脸，镜子里的女孩也伸手摸摸她的脸。镜子里的那个女孩就是我。

我明白了，其实我一直都没变漂亮。妈妈说我生病的那些日子，班主任还有班里的同学都来看我，学校选我去参加比赛也是全班人一起争取的结果。听到这里，我的心里潮湿了一大片。

不过，我没有辜负他们的期望。没过几天，比赛结果出来了，我得了第一名。

不知道为什么，自从那次比赛后，我不再那么害怕照镜子了，我喜欢镜子里的自己。丑就丑吧，反正我还可以微笑地面对生活。

也许童话终究是童话，丑小鸭永远变不成白天鹅，青蛙也不会变成王子。但是，那个易水湖畔的男孩真的来过。

有一次，我点开“易水湖”音乐网站，发现上面一首歌也没有，屏幕中间只有这样两句话：“像只青蛙一样享受美好的阳光吧！自信的人是最美丽的！”话的右下角是一只可爱的青蛙。

所以说，我肯定他真的来过。只是我再也没有见过他，任凭我怎么唱歌，他都没有出现过。

我想，此时他一定在易水湖畔等我，等我去为他唱一首歌。

路灯下的女孩

1 / 奶奶去哪儿了？

每次听到同学们的欢声笑语，我都会默默地在一旁流泪。就连偶尔看到路边的小男孩号啕大哭，我都会泣不成声。并不是我多愁善感，而是我多么渴望能像他们一样，可以放声欢笑，可以哇哇大哭。

然而声音对于我来说，只是一种奢望。

小时候，爸爸妈妈都忙，一直是奶奶带着我。奶奶陪我踢毽子，给我讲故事，晚上我就和奶奶挤在一个被窝里。奶奶说，有一天她会变成天上的星星，照着我，陪着我。我不要奶奶变成星星，我要奶奶就这样一直陪着我。

有一次，奶奶迟缓地迈着小碎步，到马路中间为我捡毽子，一辆汽车飞驰而过。这个画面一直都在我脑海里翻腾着，有时候我会半夜被惊醒。

自从那次车祸之后，我再也没有见过奶奶，我再也没有开口说过话。医生说，他们也无能为力，只能等待奇迹的发生，否则我可能一辈子都只能当哑巴了。

妈妈说："菲菲，你说话啊，你这是怎么了啊？奶奶没走，奶奶只是去了天堂，她会回来看你的。"

那时我才5岁，我相信了妈妈说的话，我相信奶奶有一天会回来看看她的孙女。可是这样的念头，随着我渐渐长大，就像泡沫一样，"啪"的一声，破灭了。我知道，奶奶不会回来了。

虽然我不能说话，可我还能听见，能听见妈妈亲切地叫我"宝贝"，能听见小鸟歌唱的声音，能听见溪水"哗啦啦"流淌的声音……

只是，我再也听不到奶奶对我说："我的菲菲，到奶奶这儿来，奶奶给你讲讲奶奶小时候的故事……"再也听不到了。

2 / 米菲菲是个哑巴

班里调来了新的语文老师，下午的最后一节课是她的课。她简单地做了一下自我介绍之后，就开始上课了。

讲课、提问似乎是每节课都必经的程序，新来的语文老师当然也不例外。

"请问，哪位同学能给我们介绍一下陶渊明？"语文老师稍稍停顿了一下，看了一眼花名册，"请米菲菲同学来回答这个问题。"她抬头，等待着米菲菲的起立。语文老师起初的眼神有点儿游离，等我从座位上站起来，她的眼神才回转到我身上。她等我给她一个回答。

从来没有老师挑我起来回答问题，因为他们知道我不能说话。挑我起来，也不会给他们任何答案。

面对新来的语文老师，我许久沉默着，老师的眼神由温暖开始慢慢变得冰冷。最终爆发了。

“米——菲——菲，老师问你话呢，你怎么不吱声啊？你哑巴了啊？”

“你哑巴了啊？”“你哑巴了啊？”……这句话在我脑海里绕来绕去，心疼极了，痛极了。

班里的淘气包站起身来：“老师，您猜对了，米菲菲确实是个哑巴！”

泪水不争气地奔涌而出。为什么你们要这样对我？我只是个脆弱的女生，这些年我生活在自己的世界中，已经习惯了。为什么你们还要到我的世界里打扰我呢？

“米菲菲是个哑巴！”这句话一瞬间被放大，密密麻麻地扑向我。

我唯一能做的就是赶快离开，躲到自己的世界里。我跑出了教室，语文老师在后面喊：“米——菲——菲，你给我回来！我从来没见过你这样的学生，太不像话了！”

3 / 奶奶，我想你

站在车水马龙的街头，我不知道该往哪个方向走。路上的车亮起了车灯，街灯昏黄地照着这个寂寞的城市。奶奶，你在哪儿啊？我想你了。

坐在路灯下面，望着天，我的眼泪止不住地往下流。虽然也想放肆地把所有的悲伤都喊出来，可是不用问，张着的嘴一点儿声音也发不出来。

“菲菲，来，靠着奶奶的肩膀。如果难过，就哭出来吧！”这么温暖、熟悉的声音。

是奶奶的声音，没错，是奶奶的声音！

我侧过脸看见奶奶正冲我微笑，一只手伸过来揽着我的肩。我打着哆嗦的身子，瞬间找到了依靠。

我张着嘴想喊“奶奶”，可是喊不出来，这种感觉真的很难受。

“奶奶，我想你。”我在心里默念着。

“孩子，奶奶也想你啊。”奶奶看着我的眼睛，完全猜透了我的心思。

“妈妈说，你去了天堂，我知道她在骗我。天堂是人死了之后才去的地方，奶奶没有——从来没有离开我，对不对？”我的心一阵阵颤抖，用眼神传递着这些年埋在心底的话。

“奶奶变成了星星，奶奶每天都在陪着你，奶奶没有走。”奶奶把我搂得更紧了，伸出粗糙的手擦我眼角的泪，“菲菲，不哭，坚强点儿。其实这个世界上有许多不幸的人，他们每天都在坚强地面对生活，他们每天都微笑着迎接新的一天。”

奶奶一边说着，一边递给我一副眼镜：“菲菲，你戴上这副眼镜就会看到许多你之前看不到的东西了，比如别人的梦。有了这副眼镜，也许你会明白些什么。”

我接过奶奶手上的眼镜，这副眼镜看起来和其他眼镜没有什么区别。我半信半疑地戴上了它。

4 / 他们在找我

透过眼镜，我看见草丛里熟睡的流浪猫，头顶上漂浮着一朵白色的云，云彩里面有一只悠闲漫步的猫，正舒服地躺在阳光下，身边是块一米多高的新鲜奶酪。这就是流浪猫的梦吧！

再朝远处的居民楼望去，每个窗户里都漂浮着大朵大朵的云彩。其中，一朵云彩里有个男孩坐在轮椅上，豆大的泪珠落在膝盖上。一位医生在旁边说："你可以站起来了。"男孩听后，试探性地挪了挪脚，动了，脚真的可以动了！男孩高兴地站起身，满屋子跑。做梦的这个男孩一定渴望着有一天能重新站起来。

我还看见一家人其乐融融地在一起欢笑；我还看见一个妈妈得知自己的女儿考上大学时，禁不住热泪盈眶……

原来每个人都有自己的梦，每个人都有自己的悲伤。虽然我能看见别人的梦，可是谁又能读懂我的梦呢？我渴望有一天能开口说话，我渴望奶奶会永远陪在身边，可是……

"菲菲，有人能懂你的梦，你往远处看。"我顺着奶奶手指的方向，望了过去。

我看见妈妈正在找我，满大街地找我，最后瘫倒在地。我看见语文老师对一个小女孩说："对不起，菲菲。老师错了。"那个小女孩就是我。我看见自己出现在许多人的梦里，他们都在找我，他们是我的同班同学。

他们的梦中居然有我！他们在担心我！想到这里，我感到一阵暖流袭来，心海泛起了微波，在眼角集结成泪，流淌了下来。

"菲菲，回家吧！妈妈爸爸都在等你，你的老师和同学也在等你

明天回学校上学呢！”

“奶奶……”当我转过身的时候，奶奶已经不见了踪影。

天上有无数的星星闪闪发亮，我想那颗最亮最亮的星星一定就是奶奶。

5 / 给生活一个笑脸

回到家，我敲了敲门，没想到门自动开了。当重新看到我的时候，妈妈一下子扑过来，整个人哭成了泪人。妈妈好像一下子老了很多。

“妈妈——”我真实地听到了自己的声音。我不敢相信它是我发出来的，我又喊了一声“妈妈”。

“哎，我的乖女儿。”妈妈愣了好久，一把把我揽入了怀中。

第二天，妈妈带我去医院检查。医生说，是我强烈地想要说话的欲望，使我恢复了声音。这真是一个奇迹啊！

从医院里出来的时候，我看见一个男孩坐着轮椅从我身边经过。这个男孩，不是昨天晚上我用眼镜看到的那个男孩吗？

我听见他妈妈高兴地说：“孩子，医生说再恢复几天，你就可以站起来像正常人那样走路了。”我清楚地看到藏在男孩妈妈眼里晶莹的泪花。

今天的阳光好温暖，我冲着阳光露出了这些年以来的第一个笑脸。

我告诉自己，以后一定要坚强地活着！一定要！

蝉为谁舞

1 / 放暑假了

放学的铃声还没有响，整个教室却已经炸开了锅。

美美把鼻子翘得老高："这个暑假啊，爸爸妈妈要带我去上海。听说，上海可好玩啦。"

"有什么了不起的？"班长皮皮最看不惯美美每次显摆的样子，"妈妈给我报了奥数班，我要好好补补我的数学了，以后我要考全年级第一名。"皮皮扶了扶架在鼻梁上的重重的镜框。

"这个暑假你打算怎么过？"暑假准备去青岛看海的徐婉婉转过头问露露，好像对她的计划充满了期待。

"我……我……"露露一时间有点儿语无伦次，"我爸爸妈妈都要上班，我只能去乡下的奶奶家，奶奶会给我讲故事。”

整个班里的同学都笑了：“乡下有什么好玩的？没有摩天轮，也没有过山车。”“是啊！你奶奶会讲什么好玩的故事啊？难道要讲‘从前有个庙，庙里有个和尚，和尚在讲一个故事。他讲从前有个庙，庙里有个和尚……’”没等徐婉婉说完，班里又爆发出一阵阵大笑声。

2 / 去奶奶家

“露露，这个暑假你就去奶奶家，爸爸妈妈都忙，没空陪你了。”露露不明白大人们怎么会有那么多要忙的事。要知道我们小孩也很忙。要忙着早起，忙着梳自己的马尾辫，忙着吃饭，忙着坐公交车，忙着上课，就连周末还要忙着参加兴趣班，真是忙、忙、忙。

露露不愿意再想这些，反正都已经坐在车上了，那就去奶奶家吧，反正也好久没见奶奶了。车窗外的妈妈冲露露摆了摆手：“妈妈不在身边，好好听奶奶的话。不要挑食，知道吗？晚上早点儿睡觉……”没等妈妈说完，车就启动了。

“妈妈，再见。”

妈妈点了点头，“嗯”了一声就把头转过去了，好像眼里装着什么秘密，怕露露看见似的。

车一点点提速，妈妈在身后变得越来越小，越来越远，终于看不见了。

3 / 飞舞的蝉

奶奶看见露露的那一刻，笑得合不拢嘴。晚上，奶奶做了红烧猪蹄，还有糖醋排骨，桌子上满满的，都是露露喜欢吃的。吃完饭，露露还打了几个大大的饱嗝。

奶奶给露露铺好了被子，露露躺下准备睡觉的时候，忽然听见窗户外边传来一阵歌声。

“哒——啦——啦，哒啦啦，哒——啦——啦”，一阵歌声从窗户的缝隙里钻进了房间里。

露露把脸贴在窗玻璃上，睁大了眼睛望着窗外。皎洁的月光照在桃树上，树上的桃子粉嘟嘟的，像一个个可爱的宝宝。院子里除了悄悄绽放的成片的牡丹花，好像也没什么嘛。到底是谁在唱歌呢？

“嘭——嘭”，窗户上的玻璃被敲了两下，尽管发出的声音并不刺耳，但还是把露露吓了一跳。

“嘭——嘭”，又是两声。“往下看啊，我就在你眼皮底下呢！”一个软绵绵的声音说。露露确定刚才听到的那阵“哒啦啦”的歌声，就是这个声音发出的。

露露的整张脸顺着玻璃向下移动，一双小眼睛正直勾勾地盯着她看。原来是一只蝉呀。

蝉居然会说话？还会唱歌？不会吧，这也太不可思议了。露露摸了摸自己的脑袋，不会是在做梦吧？

“是你在说话吗？”

“是啊，就是我在说话啊。嘿嘿，吓到你了吗？”

“哦，没有啊。你的歌声真好听！”

“真的吗？我不仅会唱歌，还会跳舞呢！”刚说完，蝉就在夜空中跳了起来，嘴里哼唱着：“哒——啦——啦，哒啦啦，哒——啦——啦。”好奇怪的歌，只有三个字耶，不过真的很好听。

月光下，它扇动着翅膀，不是精灵是什么嘛。

蝉为谁舞

4 / 一只叫乐乐的蝉

它有一个好听的名字——乐乐蝉，乐乐蝉真是一只可爱的蝉，虽然一身黑色的外衣，没什么好看的，可它从来没有什么不开心的事。

它喜欢唱歌，几乎每时每刻都在唱。问它累不累，它说怎么会累呢，高兴都来不及。在黑暗中待了4年的它，现在终于可以好好享受这样一个美好的夏夜了。

“露露，你妈来电话了，过来接电话。”奶奶喊露露接电话了。

“哦，知道了。”露露答应着。

“乐乐蝉，你在这儿等我，等接完妈妈的电话我就回来。”

乐乐蝉点了点头。

妈妈絮絮叨叨了半天：“在奶奶家还习惯吗？妈妈最近忙，等忙完了这阵儿就去接你。你在那边要听奶奶的话。”说到最后，露露都有点儿不耐烦了：妈妈真是爱唠叨，我又不是小孩子了。

“妈，没别的事就挂了吧。”

电话那头的妈妈沉默了一会儿，很勉强地说道：“那好吧，宝贝。”

挂了电话，露露迫不及待地回到屋里。可是，乐乐蝉不见了，好像它从来就没有出现过。只是隐约地可以听到黑暗深处，有“知了，知了”的蝉鸣声。

5 / 乐乐蝉不辞而别

第二天晚上，趁奶奶睡着了，露露拎着小板凳坐在院子的大树下等乐乐蝉。月光下，四周一片安静，突然传来“哒——啦——啦，哒啦啦，哒——啦——啦”的歌声。露露抿了抿嘴，笑了，是乐乐蝉。

乐乐蝉出现在露露面前的时候，眼里满是泪水。

“乐乐蝉，你怎么了？谁欺负你了？还有，昨天你为什么不打声招呼就走了呢？”露露轻拍着它的背，试图给它一点儿安慰。可是它眼里的那一湾泪水顷刻间涌了出来。

“露露，我在黑暗中生活得太久了，因此最害怕黑了。如果没有光亮，我就会像无头的苍蝇一样，到处乱撞。”它趴在露露的肩头，泪水浸湿了露露的衣裳，“假如我能像萤火虫那样，该多好啊！听我们蝉王国的老人说，只要穿上用月光做成的衣服，即使没有月亮，我们也不会再害怕了。”

“那你为什么不做一件这样的衣服呢？”露露反问。

“哦，那是因为只有人类为我们做出的衣服，穿在身上才管用呢！”

“哦，原来是这样呀。或许我可以帮你。说起做衣服啊，我最在行了。我的那些芭比娃娃身上的小衣服都是我做的。只是，我怎么才能用月光做衣服呢？”

“这个嘛，你看，就是这样哦……”乐乐蝉给露露比画着。露露真的忙活了起来，她抽出一条条丝线，然后拿起绣花针一针一针地为乐乐蝉做起了衣服。乐乐蝉呢，开心地在月色中唱着歌，跳着舞。

没过多久，露露就做好了一件亮闪闪的衣裳，比芭比娃娃身上穿的都更别致呢。乐乐蝉飞过来，迫不及待地穿上了。它很感激露露，一直为她唱歌、跳舞，而露露呢，听着歌声早已睡着了。

乐乐蝉每天晚上都会准时出现在露露面前，露露觉得这个暑假是过得最开心的一个暑假了。她第一次体会到有朋友的感觉原来这么好。朋友，原来就是可以陪你一起度过每一个孤单日子的人啊。尽管它只是一只乐乐蝉。

一眨眼的工夫，露露的暑假结束了。遗憾的是，由于妈妈催着露露回家，她没有来得及跟乐乐蝉告别。

乐乐蝉，你等着我，我会回来的。

露露想。

6 / 再为我跳一支舞

第二年的暑假，露露的爸爸妈妈正好休年假，想陪露露好好出去玩玩。露露说她哪儿也不去，只想再回奶奶家看看奶奶。

其实，露露想见的不只是奶奶，还有乐乐蝉。她已经为乐乐蝉又做了很多漂亮的衣服，她要把它们送给乐乐蝉。

一天，两天，三天……白天里蝉声阵阵，晚上四周一片安静。那么多天过去了，乐乐蝉一点儿影子也没有。露露急得差点儿哭了。

一个夏夜，露露痴痴地望着窗外，"哒——啦——啦，哒啦啦，哒——啦——啦"，好熟悉的声音啊，乐乐蝉回来了。露露高兴地打开窗户，窗外飞来三四十只蝉。它们在月光下扑扇着翅膀，哼唱着动人的歌。

"乐乐蝉！乐乐蝉！"露露朝它们喊着，试图找到乐乐蝉。

"乐乐蝉已经死了。我们蝉的寿命只有一个夏天，只要夏天一过去，我们的生命就结束了。"排在最前面的一只蝉说。

露露一下子愣在了那里。乐乐蝉，她的朋友，陪她度过孤单日子的朋友，居然它的生命只有一个夏天。露露懊恼极了。如果知道友情这么快就逝去，她为什么不多等一天，不，多等一个晚上。

那只蝉接着说:"乐乐蝉临走的时候教会了我们跳舞,教会了我们唱歌。它说它有一个最好的朋友——露露在等着它。虽然它不能亲自为露露跳舞了,但是还有我们可以在来年蜕变为蝉的时候,继续为露露跳舞,为露露唱歌。"

听到这里,露露觉得胸口好像有什么东西压着,令她喘不过气来。

"乐乐蝉,我永远记得你。"露露拭去眼角的泪,把手中的衣服分给这些蝉。它们穿上亮闪闪的衣服后,显得很开心。那个暑假,是这些蝉陪伴着露露度过的。

以后每年夏天都会有许多蝉为露露跳舞,但是每年都不一样。它们来的时候,都说自己是受朋友的嘱托前来为露露跳舞的。露露很感谢这些蝉,她明白了友情的可贵,她每年都会做许多许多的衣服送给这些可爱的蝉朋友。只是她仍然会想起乐乐蝉,想起她和它相识的那个夏夜。每当这个时候,她的心总是暖暖的。

哑　狗

1 / 离家出走

微闭的眼睛，隐约能看到窗外昏黄的灯光。稚嫩的脸庞，感受着夏夜里清凉的微风。泪从心里涌到了眼角，默默地流了出来。

再见了，爸爸！

再见了，妈妈！

我要去寻找我想要的世界，我要离家出走！

离家出走？这是多么疯狂的想法啊！

我没有几个朋友，不爱说话。我学习不好，老师经常找我谈话。

我没有什么爱好，如果非要找出一个来，那也就是在小区后面的公园里散散步，荡荡秋千。自从那个公园被推平，盖上高楼之后，我就再也没有什么地方可去了。

我只想找个地方躲起来。我要去找这个地方，一定要找到。

我沿着马路，向郊外走去。

2/神秘的老奶奶

月亮照亮了整个大地。可是，没走多远，乌云就遮住了月亮。不仅如此，树叶被风吹得沙沙响。雨就这样猝不及防地下了起来。

“哗啦啦，哗啦啦……”

雨点砸在脸上，生疼。雨水顺着脖子流到胸口，让人忍不住打起了寒战。不远处有微弱的光在闪烁，我得找个地方避避雨。

我好不容易走近了那微弱的光，原来是一间亮着灯光的小屋。雨水斜打在身上，站在屋檐下一点儿用都没有，浑身都湿透了。瑟瑟发抖的我往后移了移身子，这时门“吱呀”一声打开了。屋里的灯光射出来，照在地面雨水溅起的水花上。那一刻，雨花美极了。

“孩子，进屋吧。这么大的雨，怎么不回家呢？”多么慈祥的声音。

我回头，一位满脸笑容的老奶奶站在面前。

“我——我，我不想回家。”在陌生人面前，我是很少说话的，我不敢，也不想。可眼前的这位老奶奶使我按捺不住地想要说话。我正准备说出理由的时候，奶奶说：“好啦，孩子，不想回去就不回去吧！今晚就住在奶奶这里。”

奶奶告诉我她有一个孙子，但是在她孙子1周岁的时候，她就来到了这个小屋，以后就再也没见过她的孙子。“我的孙子现在应该也和你差不多大吧，有时间我一定得回去看看他。”奶奶的眼里装满了哀愁，“哎，不说了，不说这些伤心事了。奶奶去给你拿樱桃吃，这樱桃是奶奶院子里自己种的，可好吃了。”

我吃着樱桃，听着奶奶讲故事，一会儿的工夫就睡着了。

“可可，可可……”是妈妈的声音，我睁开惺忪的双眼。

妈妈泪眼蒙眬地看着我：“你知道妈妈有多担心你吗？你怎么又跑出来了？妈妈都被你吓死了……你这孩子……”妈妈的声音一度哽咽，她擦干了眼泪接着说，“千万别再这样了。可可，你要听妈妈的话啊。如果你有个什么闪失，妈妈可怎么办啊？”妈妈的话，让我心里酸酸的。

周围是一排排路灯，我竟然在路灯下的长椅上睡着了。周围哪里有什么小屋子？哪里有那个好心的奶奶？只能看到泪流满面的爸爸妈妈，还有一条浑身脏兮兮的狗。

妈妈说来找我的路上看到了这条狗，瞧着挺可怜的，就一路带过来。妈妈说，如果没有这条狗，他们不可能找到这里。看来这条狗和我们家有缘。我不管有没有缘，只想找到那位老奶奶，可是去哪儿找呢？当起身离开长椅的时候，我感觉手里有什么东西，一松手，是一把的樱桃。我确定，那个老奶奶真的来过。

3 / 它是条哑狗

回到家，妈妈就给那条狗洗了澡，一遍遍地洗才洗干净。爸爸还买了些狗粮和火腿给它。妈妈给它起了个名字——白豆豆。她笑着征求我的意见：“可可，快看看，洗完澡后它多精神啊，浑身雪白雪白

的，没有一点儿黑毛，就叫它白豆豆吧！可可，你觉得怎么样？”

“随便！”

妈妈的表情很尴尬，“哦”了一声之后就没再说话，带着白豆豆出去了。

吃饭的时候，白豆豆蹲在一旁看着我们吃饭。妈妈偶尔夹给它一块骨头，白豆豆就忙不迭地啃了起来，尾巴一摇一摆的，看起来好可爱。

我忍不住俯下身去摸它，它猛然抬起头看着我。咦，好奇怪，那一瞬间我在它的眼睛里看到了老奶奶的模样。

后来，我带着白豆豆出去玩，平时不和我玩的伙伴也凑过来和我说话：“你家的狗真好看，像雪一样白。”

我和伙伴们一起在风中奔跑，白豆豆在后面追，尾巴翘着，屁股扭着,别提有多可爱了。

要不是叶小雨提醒我,我真不知道白豆豆居然是条哑狗。当时叶小雨乍乍乎乎地对我说:“白豆豆真可爱,一点儿都不像王小强家的狗,凶巴巴的样子,谁都不敢靠近。白豆豆让人看第一眼就想靠近它。”叶小雨接着说,“不仅不凶,连叫都不叫,多么安静的一条狗啊!你不知道,我最讨厌狗叫了,狗一叫,我的心就怦怦乱跳……”

叶小雨的声音听上去粗粗的,一下子就击中了我。是啊,这么长时间,白豆豆都没有叫过。它是狗,它就应该叫啊!

我去逗它,它只是摇尾巴,一点儿声音都没发出。最后我火了,从路边的树上折了根树枝就朝白豆豆抽去:“快叫,快叫啊!你是狗,你就应该叫!”

当我说这句话的时候,我想起了米老师在我耳边说过的话:“可可,你要记住,你是学生,你就应该好好学习,就应该和同学好好相处,就应该在老师提问的时候,积极回答问题……”我刚才的口气多像米老师啊。

想到这里,我又像泄了气的皮球,快快地扔掉了树枝。

回家之后,我关上了门。妈妈问我怎么了,我说白豆豆是个哑巴,是个哑巴!我不想要个哑狗在家里,赶快送走它。

妈妈没说什么,去厨房做饭去了。当然,接下来的几天,家里又是一片安静。白豆豆由妈妈照顾,我一回家就关上门。

有一次,白豆豆在外面挠门,我打开门,狠狠地踹了它一脚:“再挠,就把你丢到马路上!”

白豆豆的眼睛里满是惊恐,往后退了几步,躲到了妈妈的身后。

“可可,你……”妈妈的话咽到了肚子里。

那一刻，我想喊住妈妈，可是又有说不出来的不耐烦，转身进了屋。

4 / 把白豆豆送走

“白豆豆，你要干什么？”当我打开房门，看见白豆豆正一口一口地撕咬着课本的时候，我一下子爆发了。

“滚，滚，给我滚！”

白豆豆“噌”的一下蹿了出去，差点儿把我撞倒了。我发誓：一定要把白豆豆送出去！

第二天的夜里，趁爸爸妈妈都睡着了，我牵着白豆豆出了家门，走了好远，好远。

直到又看见了那间小屋的时候，我才停下了脚步。还是上次避雨的小屋，还是忽明忽暗的灯光，我本来想叩开小屋的门，犹豫了一会儿又把手收了回去。

我把白豆豆拴在了小屋门前的一棵树上，相信老奶奶一定会收留白豆豆的。白豆豆用哀求的眼神看着我，我狠心地转过身，头也不回地走了。我觉得拴着白豆豆的那棵树就是樱桃树，因为我隐隐地闻到了樱桃的味道。

5 / 白豆豆救了妈妈

打开家门，妈妈站在客厅里，直勾勾地盯着我。

“妈，你吓死我了！”

“你，你去干吗了？”妈妈的语气里带着火药味。

“我没干嘛，只是把白豆豆送走了。不过，你放心，有好心人会收留白豆豆的！”

“那我是不是也应该把你送出去？是不是也会有人收留你？”妈妈的话真伤人，“白豆豆是只流浪狗，它已经不能叫了，你还要把它送出去？有多少人会收留一只不会叫的狗？你想过吗，可可？”

妈妈像个十几岁的小女孩一样，一边责备我，一边推着自行车下了楼。她要去找白豆豆。

爱找就去找吧！反正，我要回屋睡觉了。

一个多小时过去了。家门被推开了，我躲在门后往客厅里看，只见白豆豆正气喘吁吁地蹲坐在客厅里。咦，妈妈呢？

我打开房门，白豆豆看到我，显得很不安，但又像想要告诉我什么似的。它在原地转圈儿，又像要往外走，我猜白豆豆是想带我到什么地方去。我跟了出去。

走了好久，白豆豆在一个十字路口停下了。我朝前看去，只见妈妈的自行车倒在地上，车轮还在转着，妈妈在自行车旁，正捂着腿。

“妈妈！”

“可可，妈没事，别担心。刚才看到豆豆在前面，我心急骑快了，一下就摔倒了。看来妈的腿脚真不行了，摔这么一下，居然就崴到脚了。哎哟！”

别看我才12岁，力气真不小。虽然摇摇晃晃，我还是骑上了车带妈妈回家。白豆豆就在身后追。

我一边蹬自行车，一边问：“妈，你怎么哭啦？”

妈妈不自然地说：“你怎么知道妈哭啦？我没哭。”

妈妈还在撒谎，我怎么会不知道呢，因为她把头靠在我的背上，现在我的后背都湿了。

回到家，我才发现白豆豆的嘴里一直叼着什么东西，仔细一看，

是樱桃！

妈妈看到了樱桃，好像想起了什么，说道："你奶奶在你1周岁的时候就去世了。我记得那时你奶奶家门前有棵樱桃树。每年收果子的时候，树上全是樱桃，当时她总是乐呵呵地说：'摘点儿给我的孙女吃啊！'可是，你那时候还小，怎么能吃呢？"妈妈翻了翻抽屉，拿出了一本相册，指着相册里一张黑白照片说，"喏！这就是你奶奶！"

这么熟悉，居然这么熟悉。没错啊，就是那位老奶奶！她原来是我奶奶！

这究竟是我的一个幻觉，还是奶奶真的来过了？

晚上，我睡得很香。半夜的时候，我起身去厕所，经过爸爸妈妈卧室的时候，听见爸爸说："可可妈，你为了孩子才把这条狗领回家的，可是现在怎么又要送出去呢？"

"送出去吧，省得给孩子添烦。那天我是看豆豆可怜，当然也想让豆豆给可可做个伴。可可没有什么朋友，平时也不怎么说话，我真怕她憋出病来……可是，可可却不喜欢豆豆。"

我忍了很久，才没让噙在眼里的泪掉下来。放心吧，爸爸妈妈，我不会再把白豆豆送出去，不会了。

6/白豆豆出走了

一大早，妈妈就嚷起来了："可可，孩子他爸，你们都快出来，白豆豆不见了！"

整个屋子里都没有豆豆的踪迹，在书房里，有一堆撕烂的废报纸。这些纸歪歪扭扭的，拼凑成一段话：

可可，我是你奶奶养的狗。我天生是个哑巴，不会说话，可是你奶奶从来没嫌弃过我。自从她走了之后，我就开始了流浪的生活。你奶奶走的时候，跟我说她最舍不得就是自己的孙女了，所以这些年我一直在找你。现在看到你们过得挺好，我这条老狗也就放心了。我该去陪奶奶了，这些年，她自己一个人一定很孤单吧！

我们三个人泣不成声。

我知道白豆豆为什么会撕碎我的书了，因为它有话要对我说。我知道我为什么会两次梦到奶奶了，因为她也有话对我说。

只是，我知道得太晚了。

“都愣着干什么？趁现在还不晚，赶紧出去找啊！”妈妈的声音里有着说不尽的悲伤。

妈妈拉着爸爸，爸爸拉着我，我们一家三口在街上狂奔。也不知道跑了有多久，我们已经累得上气不接下气了。这时，在不远处我看见一个白色的东西，正迈着缓慢的步子往前走，它试图找个地方休息一会儿。

“豆豆——”我们试探地喊。

它转过头，朝我们奔来。

真好，它是白豆豆，我们找到它了。

找到白豆豆之后，我开始试着好好学习，也慢慢地和班里的同学成了好朋友。他们经常来我家玩。他们说：“真羡慕你，有一条会识字的狗。”

我看了看白豆豆，笑了。白豆豆摇着尾巴，冲我吐着舌头，好像也在笑。

双鱼不相忘

1 / 我们是两种人

阳光明媚的清晨，心情实在好得不得了。吃过早饭，我拎起书包迫不及待地出了门。等公交车的时候，我一转身，一抬头，居然看见了她。

“小米！我们一起走吧！”她在叫我。

所有的好心情瞬间烟消云散。

莫清清，我为什么要和你一起走呢？你是大人眼中的乖乖女，老师眼中的好学生，是那种优秀得不能再优秀的人。我敢说，每个班都有这样的人，成绩好，人漂亮，风光的、出名的事都被她占着。

“你看看人家莫清清，再看看你，你就不能学学人家吗？”这是妈妈经常说的，这句话都快成了她老人家的口头禅了。

莫清清是谁？当然就是所有家长嘴里的“好孩子、好榜样”。而我呢？

我是蓝小米。在别人眼中，我是个十足的假小子。我喜欢大声说话，喜欢在教室里肆无忌惮地笑，喜欢当着对方的面直接说出他的缺点，丝毫不留一点儿面子……

“我们不是同路人！”我说话的时候不敢看她的眼睛，怕刺痛心里的某个地方。

“可……”她的声音有些犹疑，“小时候我们都是一起走的。”

小学的时候，我们一起上学放学，一起参加课外兴趣班，就连下课上厕所，我们也要手挽着手地一起去。那个时候，我们像一对双胞胎，好得跟一个人似的。

上了初中，因为爸爸工作的关系，我家搬到了另一个小区。当然，除了这个原因外，还因为功课日渐繁重，我们之间的差距也越来越大了。她越来越优秀，而我越来越差。不知道从什么时候开始，我们就再也不在一起了。下课后，她会坐在座位上看书，而我则会嘻嘻哈哈地在走廊里和秦苗苗聊天。

秦苗苗是上初中后我最要好的朋友。她学习一般，上课会打瞌睡，也会偷看漫画书。重要的是，她让我觉得没有压力。秦苗苗胖胖的脸上有几粒雀斑，和我在一起，亲切而自然。

害怕莫清清再说些什么，我快步走下楼梯。

身后没有急促的脚步声，她并没有追上来。

我和莫清清之间，那么近，却又那么远。

有些曾经，注定回不去了。

2 / 莫清清是莫清清，我是我

家长会开完之后，妈妈板着一张脸，晚饭都没做，一直坐在沙发上，任凭电视里上演着一幕幕肥皂剧。

我肚子饿得咕咕叫："妈，什么时候做饭啊？我快饿死了。"

"做什么饭？不好好学习，就别想吃饭！"妈妈吼道。

"学习不好也要吃饭的！"我嘟囔着去开冰箱的门。

"别翻了！冰箱里什么吃的也没有。你看看你，都上中学了，还不好好学习？你就不能为妈妈争口气，向人家莫清清学习学习？你都没看见今天她妈妈那神气样儿。蓝小米，你什么时候也能让妈妈风光风光？"

"莫清清是莫清清，我是我！今晚的饭不吃总行了吧！"我回屋之后，重重地摔上了门。

当我戴上假发，梳起两条又粗又长的麻花辫，穿着漂漂亮亮的白色公主裙出现在班里的时候，所有的同学都惊呆了。看着他们惊讶的眼神，我好想笑。

最惊讶的应该是莫清清，她下意识地看了看自己的两根麻花辫，还有白色的公主裙。

我学着莫清清的样子，轻手轻脚地走到座位上，然后轻声细语地说："同学们，要好好学习啊，别光顾着看我了。"

秦苗苗一下子从座位上冲过来，抓住我的手大声地问："小米，你怎么啦？你这是怎么啦？"

"我没什么，我很正常，放心吧。"

上课前，李老师的眼睛习惯性地往班里扫了一圈儿。看到我的时候，她的嘴巴张得老大："蓝小米，你？"

下了课，我被叫到了办公室。"蓝小米，把你的假发给我摘了。现在就摘！"

"为什么？"我直直地瞪着李老师。

"你摘不摘？"

"不摘！"

"你，你，你现在就叫家长来！"

妈妈气呼呼地来到学校，当着李老师的面甩了我一耳光，扯掉了我的假发。

我没有哭："妈妈，你不是想让我和莫清清一样吗？现在我和她一样了，你还不满意吗？"

妈妈沉默了一会儿，无奈地摇摇头。

我跑出办公室，正巧看到了莫清清，她正朝办公室里看，眼睛红红的。经过她身边的时候，我只说了三个字：

"我恨你！"

3 / 冤家变成了同桌

李老师一上课，就宣布了一件事："我想调一下个别同学的座位。秦苗苗和莫清清换一下位置，莫清清和蓝小米坐同桌，秦苗苗和王卓做同桌。现在就换过来。"

我刚想提出抗议，李老师就俯身下来，贴着我的耳朵说："昨天你不是说自己和莫清清一样吗？你其实和她不一样，她的成绩比你好。如果你想和她一样，那么就好好学习吧。现在就是个机会。"

我——蓝小米，和莫清清开始了同桌生活。

老师提问题,她会第一个举手;发下来的考卷,她会工工整整地做好,第一个交卷。她一直都是第一个。

我想比她好,我绝不能输给她,绝不!

没过几个月,老师提的问题我们几乎是同时举手,交卷也几乎是同时交。

调换座位后的第一次小测试,我居然得了97分,而莫清清得了98分。当着全班同学的面,李老师表扬了我。我看了一眼莫清清:“等着吧,我会比你强的。”

而莫清清却说:“小米,真为你高兴!”

“哼,少假惺惺了。”

有一天,莫清清没有来。第二天,还没有来。第三天,仍然没有来。

“秦苗苗,你知道莫清清为什么没来吗?”

“你和莫清清不是冤家吗? 怎么关心起她来啦!”

“我只是问问,快告诉我吧!”

“好吧,她转学了。她家搬到南区了,所以只能转学到南区中学读书了。”

看着空空的座位,我的心像失去了什么似的。

4 / 永不相忘

妈妈敲我的门:“小米,莫清清的妈妈给你送来一个鱼缸,还有一条金鱼。”

“什么?”我一打开门就看见了妈妈手里的鱼缸。

“是莫清清要给你的,说是送给你的礼物。她妈妈正好回来拿些搬家时落下的东西,便顺便带了过来。”

我钻进卧室，打开窗户，看见一辆车远远地开走了。除了莫清清的妈妈，我还隐隐约约看见了莫清清，她正趴在车窗上朝这边望。两根麻花辫此时竟显得那么好看。

金鱼在鱼缸里自由自在地游，时不时用那双大眼睛在玻璃后面看我。

中考结束那天，我去鱼市逛了一天，走得双腿酸痛。当我都要决定放弃的时候，突然看见了一条和它一模一样的金鱼。我立刻买了下来。拿着鱼，我急匆匆地往家跑。一到家，就把那条鱼放进了鱼缸。两条金鱼都欢快地游了起来。

那一刻，我仿佛看到了自己和莫清清游在鱼缸里。

公布中考成绩是二十几天以前的事情了。听到老师说我考上一中的时候，我没有表现出惊喜和意外。得到了想要的结果，自己也成为老师和同学眼中的好学生，只是有些人却永远地错过了。

回到家，妈妈好像已经知道了结果，满脸的笑。一定是她打电话问过李老师了。

"小米，你猜谁来我们家了？"

"谁？"

莫清清从卧室里走了出来。

"清清……"我本来想要控制自己的，可是见到她的时候，居然还是忍不住会掉泪，会上前拥抱。

"小米，好久不见。告诉你一个好消息，我也考上了一中。"

"清清，对不起，对不起。我们永远都是好姐妹，对吗？"

"嗯，我们永远相亲相爱。"

两条在同一个湖里的鱼，经历了惊涛骇浪，经历了礁石的阻隔，可能会短暂地分开，你朝左游，我朝右游。可是终有一天，它们还会相遇，然后永不相忘。

雨水是姥爷掉下的泪

1 / 姥爷来看我

最近几次去姥姥家，姥爷都不在家。没人陪我去后山玩，也没人陪我骑大马了。这可怎么办？我拉着妈妈的手摇了起来："妈妈，姥爷呢？姥爷去哪儿了啊！怎么看不见姥爷啊？"

妈妈不说话，我接着问姥姥。姥姥只是叹气，也不说话。

"姥姥，你怎么哭啦？"

"没有，没有。宇昕，姥姥没哭啊，刚才是沙子迷了眼。没事儿，不要紧。"

姥爷不在家，我就很少去姥姥家了。

有时候，会梦见姥爷。在梦里，姥爷告诉我，他去了一个云朵做

的城堡，那里有好吃的云彩，还有可以载人的大鸟。

每当我央求姥爷带我去看看的时候，他都会说："等下雨的时候，我一定带你去。"

为什么要等到下雨呢？

那些天，我盼望着下雨。夏天的雨应该说来就来的，可是那些天，老天爷就一直憋着不下。

我在院子里，老是跑过去看树叶动了没动，天上有没有黑压压的乌云飘过。真期盼啊，能下一场雨。

有一天，我在睡午觉。睡梦中，就听见耳边有轰隆隆的声音。没错，是打雷声，而且声音越来越大。

我迫不及待地睁开了双眼，只见外面电闪雷鸣。我高兴地打开门，跑到院子里。

雨水"哗哗"地顺着我的脸颊落到地上，我朝天上望去，雨点儿像无数的珍珠，一颗颗"吧嗒吧嗒"往下掉。

最后这些雨点儿穿成了一串串珠子，这一串串珠子连在一块儿，又变成了一个巨大的梯子。我顺着梯子往上爬，雨水环绕在身边，却一点儿也没有淋湿我。

到了天上，我看见一个白发苍苍的老爷爷正坐在一团白云边哭泣，他哭得那么伤心，泪水都流到地上了。

原来这雨水是这老爷爷的眼泪啊！

我蹑手蹑脚地朝老爷爷走去，终于看清楚了那是姥爷！

"姥爷！"

"孩子，你来看姥爷啦？"刚才还哭泣的姥爷马上展开了笑颜。

"姥爷，你怎么哭啦？"

“当然是因为想你啊！姥爷一个人在这里，很想你！”

“姥爷……我也很想你！”我抱着姥爷，姥爷又哭了，像个孩子似的，惹得我也哭了。地上的雨水更大了。

姥爷擦干了我的眼泪，带着我去吃云彩糖，还带着我去坐了一会儿大鸟。大鸟带着我们穿过云间，飞向更远的地方。

玩了很久，天渐渐黑了。我和姥爷该道别了。姥爷说，如果再遇到下雨天，一定要去看他。姥爷说，他会用眼泪串成珠子为我搭一架梯子。

我点了点头。

2 / 姥爷的眼泪

“宇昕，宇昕……”好像是妈妈在叫我。

当我睁开眼的时候，发现自己在医院里。妈妈看我醒了，高兴极了。

“妈妈，刚才我去天上看姥爷了。姥爷过得很好！那里有好吃的云彩糖，姥爷还带着我骑着大鸟四处飞呢！”

“傻孩子，你姥爷他……”妈妈的话戛然而止，接茬儿说，“宇昕，下雨天站在雨里干什么啊？这下可好，感冒了吧？以后下雨天不要出去啊！”

我勉强地点点头。从那以后我就盼着下雨天，虽然不能到屋外淋雨了，但是站在窗前，向外望去，我好像又看到了姥爷。

其实，我有个秘密一直没告诉妈妈——

雨天，外面那些噼里啪啦的雨水其实是姥爷思念我时落下的泪，而姥爷从来没有离去，他一直在天上默默地看着我。

何安在游，鱼在走

1 / 坐着火车去青岛

何安是一个安静的女孩，平凡得容易被人遗忘。每一天，她都在安安分分地做着爸爸、妈妈、老师和同学眼中的乖乖女。何安常想：自己是不是会一直这样，一直念书，一直考个中等的成绩，一直既不被人嘲讽，又不被人妒忌……然后一天天老去，直到最后死去的时候，都没有人能记住她。

有时候，何安也想成为一个特别的哪怕是特别坏的学生，反正就是不想像现在这样。

那一次，她挑了一个阳光暖暖的日子，买了一张去青岛的火车票，然后一个人背着包出发了……

在去青岛的火车上，风呼啸地从窗缝掠过，“呼呼呼……呼呼呼……”。何安闭上眼，那一刻，她有一种错觉，仿佛时光从自己的耳边向后退，一直退到身后去了。时间的小人儿摸了摸她的耳朵，轻声地对她说：“何安，回家，跟我回家喽！”

整个人有种眩晕的感觉，像是进入了一个漩涡，漩涡直通另一个国度，那里只为何安一个人而开启，只有何安才可以进入。

何安给这样一个国度起了一个好听的名字——“鱼城”。“咔嗒嗒、咔嗒嗒”的声音在铁轨和车轮之间游走。何安沉浸在自己的世界里，始终都不敢睁开眼，脑海里浮现着“鱼城”的每一个细节。

鱼城坐落在大海之间，一条长长的桥笔直地通向海中央，城堡的大门向她打开，红色的、绿色的、蓝色的……五颜六色的鱼像是从画中游了出来，美得惊艳。它们摆动着尾鳍，朝何安游来，不紧不慢，面带微笑。

鱼儿慢慢地靠近了何安，在她身边围成了一个大圆圈。它们的嘴巴一张一合地说：“欢迎来到鱼城。”

当何安一步步朝鱼城走去的时候，喇叭里传来这样的声音：“本次列车的终点，青岛站到了，请旅客们拿好随身物品，准备下车……”

喇叭里的女声温暖而柔和，何安略显懊丧，好梦被惊扰确实令人不快。

不过，她转念一想，青岛应该就是这样的鱼城吧。虽然没有梦里的鱼城那么美，但一定也不错。

下了车，清爽的风吹乱了她的刘海儿。

"青岛的天真蓝！比北京的蓝多了！"何安的头仰得很高，微闭着双眼，然后深深地吸了一口气，"嗯，大海的味道……"

2 / 回来的路

虽然隔着一层玻璃，可何安分明感觉到那些鱼就围绕在自己身边。她忍不住伸出手去靠近玻璃，玻璃后面的一条鱼接着一条鱼，像被施了魔法似的一起游过来，它们隔着玻璃，瞪大了眼与何安交流。

"鱼儿，你们真美！如果有一天，我也变成一条鱼，自由自在地在大海里游，那该多好啊！"

第一次到青岛水族馆的何安，眼睛一动不动地看着玻璃后面的世界。那颗慌乱的心啊，现在安静了下来。她无法说清楚，是什么让她不顾一切，倾囊而出，买票坐车，匆匆忙忙地从北京到了青岛。

她只是想看看海，看看鱼……大海和鱼就好像是她的亲人，她千里迢迢赶来只为了见自己的亲人一面。

坐在返程的火车上，已经是凌晨两点了，车厢里响起了呼噜声。何安喃喃自语："梦想。"说这两个字的时候，她的嘴角不由自主地上扬，露出好看的笑容。

梦里的何安，回到了小学时代。

讲台上的老师问："如果能够选择，你们最想变成什么？"

有同学说："我想变成一只小鸟，自由自在地飞翔在天空里。"

老师将目光移到何安的脸上："何安，你的梦想是什么呢？"

"我想变成一条鱼，一条自由自在的鱼……穿过小溪，游向

大海，游到遥远的地方。"说这话的时候，何安的眼里含着泪。

"孩子，怎么哭了啊？"何安是被身边的人摇醒的。醒来之后，她才发现自己的胳膊上已经湿了一大片。整个车厢的人都在看她，看来是自己哭出了声，惊扰到了大家。何安不好意思地低下了头。

为什么会哭呢？是不是因为那只是一个梦？自己永远都不会变成鱼，永远都不会！她明明知道，自己依然要被人遗忘在角落里，一直一直都这样下去。

想到这儿，何安的眼里又是一层薄薄的雾。

3 / 亲爱的胖头鱼

回到北京，生活依旧，不过也有一些变化。老师开始关注何安了，会时不时地把她叫到办公室。

"何安，你一个人去青岛，多危险啊！能跟老师说说，你到底是去干什么了吗？"老师的眼珠子上下左右盯着何安看，"你是不是谈恋爱了？去见网友了，对吗？初一可是很关键的一年，只有打好基础，初三复习起来才不会累，才能升入重点高中，然后才能考上重点大学。像你现在这样，以后可怎么办？"

老师的话炸弹般从天而降，砸在何安的脑袋上，她的心开始隐隐作痛。

何安不说话，面对老师的教诲，她多半时候都会选择沉默。沉默不是服输，而是一种无言的反抗。

何安离开办公室的时候，门被她重重地甩在了后面。整整一天，何安都处在不安稳的情绪里，周围的同学们也似乎都在议论她。从来没有被这么多人关注过，何安一直低着头，生怕一抬头，自己的心事都被这个世界一览无余地看到。

放学后，何安一点儿也不想回家，她只是一直走，左拐拐，右转转，走过寂静的小巷，喧闹的街道……

“卖鱼喽！卖鱼喽！”

何安循着声音一步步地往前走，来到了花鸟鱼市。

“卖鱼喽！卖鱼喽！”

何安第一眼就看到了它。

虽然它长得并不好看，大大的头，瘦瘦的身子，厚厚的嘴唇紧紧地贴在玻璃内壁上。

她突然很同情这条鱼，一直盯着胖头鱼看。

两对圆溜溜的眼睛在对视的过程中，彼此找到了安慰。

何安的眼泪一下子掉了下来：“它哭了。虽然在水里，但是我能看出来它真的哭了。”

老板见何安好像没有想买的意思，就白了她一眼，招呼其他的顾客了。他转身时，还撂下一句话：“小姑娘，早点儿回家，别在外面瞎晃悠。”

何安的眼睛没有一刻离开鱼缸，胖头鱼似乎一直在说：“带我回家吧，带我回家吧，我在这里待了很久了。”

“好，我带你回家。”

何安擦了擦眼角的泪，转身问老板：“这鱼多少钱？”

“你要买它？那最低20块！”

“可是，我只有15块……”

“15就15。小姑娘，我可是赔本卖给你的。”

何安带着胖头鱼径直往家走。

“我们回家喽！”何安有些兴奋。

胖头鱼抬眼看着这个陌生的女孩，轻声说：“谢谢你。”

4 / 如果我是你

“从哪儿弄来这么丑的一条鱼，还整天盯着看，有什么可看的？作业做完了吗？”自从何安把鱼买回家，有事没事都会盯着鱼看，盯得时间长了，眼角就会淌出泪。妈妈每次看到何安在看鱼，总会忍不住唠叨几句。

何安不回答，依旧盯着鱼看，嘴里喃喃自语：“胖头鱼，如果我是你，该多好。”

成绩单发下来了。老师在班里批评了几个同学，又表扬了几个。这些学生的名字里依旧没有何安。她讨厌这种一成不变的生活。

“如果我是一条鱼，该多好。如果我顺着河流一直游下去，是不是就会到达那片蔚蓝的海？”何安想着，哭着，心痛着，脚情不自禁地朝湖边移去。水一点点没过脚踝，凉凉的。何安屏住了呼吸，缓缓地迈进去。

“不要！不要！”

是谁在说话？还会有人关心自己吗？不会有了吧？肯定不会有人关心自己了！想着，何安又朝前走了几步。

水漫过了腰，漫过了胸，把何安埋葬在这条静静的河里。

“不——要——”一阵声嘶力竭的呼喊。可是已经来不及了，何安已经像条鱼一样，倒在了水里。

醒来的时候，何安躺在家里的床上。爸爸什么也没说，在屋角的椅子上闷闷地抽着烟。妈妈趴在床边抓着床单，低声抽泣着。

“何安，你为什么要这么做？”那个熟悉的声音再一次响起。

就是刚才在湖边的那个声音：“不要！不要！”就是这个声音，一点儿都没错。

到底是谁在和自己说话？何安环顾四周，妈妈没有，爸爸没有。到底是谁在说话？

何安游离的目光最后定格在窗台上的鱼缸，那条胖头鱼眼睛一

动不动地朝这边看，嘴里还吐着泡泡。

“是你在和我说话吗？”何安问。

胖头鱼没有回答。妈妈抬起脸，抹去眼角的泪：“安安，你说什么？你想要什么？妈妈给你拿……是不是想喝水了？”

何安摇了摇头：“我听见刚才有人在叫我……”

“屋里除了我和你爸，没有人啊！”妈妈的眼睛在屋里搜索了好几圈，最后又落回到了何安的脸上，“安安，医生说你已经没事了，你别吓唬妈妈。”

从妈妈的眼神里，何安看到了猜疑。不过何安笃定地点点头：“我确定听到了那个声音，肯定不会有错。”

妈妈转过脸看着爸爸，眼中含着泪：“她爸，安安不会出什么事吧？”

“没事，没事……睡一觉……就没事了。”爸爸的声音断断续续地无法连成一条线，就像妈妈的泪水。

5 / 你来做鱼，我做人

“何安，何安……我在这里……”

安静的房间里，又响起了那个声音。

翻了个身，何安连眼皮都没抬，又继续睡。

“啪啪、啪啪……”声音越来越响，是敲玻璃的声音。

“谁呀，大半夜还在敲窗户？让不让人睡觉了！”何安愤愤地爬起来。

不过睁开眼睛的她，突然意识到这是七楼啊，怎么会有人敲窗户呢！想到这里，何安毛孔里的冷汗全都冒出来了。窗外，昏黄的路

灯，光影斑驳。

“啪啪、啪啪……”又是几下，何安的目光移向了那个透明的玻璃鱼缸。

“你总算看到我啦！”当何安的目光落在胖头鱼那里的时候，那条鱼张口说话了！

“你会说话？”何安不相信这是真的。

"是啊,我叫你好几次了,你都没注意到我!"胖头鱼说。

"你叫我,有事?"何安的整个脸都趴在了鱼缸上面。

"当然有事啦!我是来实现你的愿望的。"

"我有什么愿望啊!我的愿望你会知道?"何安的脸斜着朝向天花板,不想自己的心事被别人看到。

"我当然知道了!你想变成一条鱼!你向往我的生活!是吧?鱼可以自由自在地在水里游,还不用做各种功课,多好啊!"

胖头鱼确实看出了何安的心思。何安的脸再次转向了胖头鱼:"算你猜对了。"

胖头鱼见何安很认真地承认了,接着说道:"你想不想变成真正的鱼啊?"

"想啊想啊,做梦都想!"

"那你就轻轻地说一句:'我在游,你在走;你在游,我在走。'说完,就会变成鱼了。"

这样一句简单的话就会让自己变成一条鱼?这是多么荒唐的事儿!不过何安还是说服自己相信。何安按照胖头鱼交给自己的方法,念了句"我在游,你在走;你在游,我在走"。

话音刚落,鱼缸里清澈的水旋转成一个小小的漩涡,水随着漩涡飞出了鱼缸,与地面形成了一个拱形的通道,犹如一道桥。

胖头鱼顺着这个大通道飞出了鱼缸。落地的瞬间,它变成了何安的样子。她们俩站在一起,别人还以为是孪生姐妹呢!

"这——"何安还没有完全反应过来,就顺着光影通道飞进了鱼缸里,她变成了胖头鱼的样子。

变成了何安的胖头鱼脸上露出了浅浅的、不易察觉的微笑。她走到鱼缸前，对着鱼缸里的何安说："现在，你变成了一条鱼，我变成了人。我们的愿望都实现了。"

何安兴奋地游在鱼缸里："真好，真好！这就是我要的自由自在。"

对于变成鱼之后的何安来说，很小的鱼缸，现在都像一个大大的星球。

"就这样一直做一条鱼吧！"何安满意地笑了。

6 / 交换的代价

胖头鱼，不，应该说现实中的何安，每天按时上学，放学，吃饭，睡觉，做作业，和朋友一起玩……

游在鱼缸里的何安，透过窗户看着楼下的"何安"，只见她嘻嘻哈哈，在那里开开心心地笑着。

似乎，胖头鱼比何安更适合做"何安"，现在的"何安"似乎更快乐，更能得到大家的喜爱。

有一天，胖头鱼站在鱼缸前，很正式地对何安说："你可以走了。"

何安不明白胖头鱼到底是什么意思："你说什么？"

"你要到更远的地方，而不是一直待在这个鱼缸里。"

何安其实很想看看外面的世界，她想和自然更近一点儿，可没想到这么快。

"我还想留在这个家里，毕竟这里是我的家，以后我再离开。"

"不行！现在必须离开！我现在是何安，这里是我的家！"胖头鱼说着，端起鱼缸就往外走。

何安不知道究竟发生了什么。

“你要干什么?”何安在水里哭喊着,眼泪和水融合在一起。

“你或许不知道……其实以前我也是一个人,不过有一天,我遇到了鱼,就像你遇到我一样。后来我变成了鱼,那个女孩变成了我。当我被放进湖水里的时候,我才发现原来在水中并不能像想象中那样自由自在地生活。在水里要躲避大鱼的袭击,还要躲避渔网的捕捞……我很后悔自己当初的决定。当我被一个渔民打捞上来,送到鱼市的时候,我难过极了。我想我可能这辈子就这样完了。不过,幸好遇到了你。我现在又重新变成了人……我喜欢现在的生活。”

“你……”何安血流加速,怒气直冲头顶,在水里拼命拍打着鱼缸的侧壁,“放我出去!”

可是,什么都晚了……

通往梦里的13号地铁

1/北京，不喜欢的北京

北京的夏天，空气混浊而厚重。到了中午，阵阵热浪滚滚而来，天上的每片云似乎都像是刚从大烤炉里端出来一样。

米朵是第一次来北京，只有她一个人。临走时，爷爷奶奶驼着背，拄着拐杖，蹒跚着把她送到了村口。奶奶的手拍在米朵的肩膀上："孩子，爷爷奶奶岁数大了，不能送你了。路上要小心，有什么事跟车上的叔叔阿姨说。"话音刚落，奶奶就咳嗽起来。

米朵赶忙捶了捶奶奶的后背，等奶奶好一些了，她才说："放心吧，爷爷奶奶，我会照顾好自己的。"直到米朵转身上了车，爷爷奶奶还一直站在那里。米朵的心里像是裂开了一道口子，泪水夺眶而出。她朝村口的方向用力挥挥手，可是爷爷奶奶已经看不见了。泪水滑过嘴角，米朵舔了舔，是咸的。

想一想很快就要见到爸爸妈妈了，米朵伸出手背擦了擦眼角的泪，脸上也露出了笑容。

米朵的爸爸妈妈，在米朵几个月大的时候就来到了北京，那是2003年。他们忙着赚钱，一年只能回来一次。在北京打拼了这么多年，眼瞅着米朵渐渐长大了，爸爸妈妈就商量着把她接到身边来。

北京的生活没有米朵想象中的那么好，虽然有好看的新衣服穿，有旋转木马可以坐，有许多洋娃娃……最重要的是有爸爸妈妈在身边。可是，米朵却没有以前快乐了。她觉得自己现在住的地方和从小长大的村庄是完完全全的两个世界，就好像一个在水星上，另一个在火星上，真不敢相信，它们之间只不过隔了十几个小时的车程。

米朵不喜欢北京，很不喜欢。

2/爸爸妈妈在进化

米朵觉得爸爸妈妈好像和以前也不一样了。爸爸每天早上急匆匆地吃过早饭就出门，半夜酒气醺醺地才回来。他嘴里最多的一个词是“应酬”。米朵不懂什么是应酬，她只是觉得爸爸变了，每年都在变。有一次，米朵在爸爸睡着的时候，瞪着黑水晶般的眼珠子看着爸爸，越看越像是在看一个陌生人。

而妈妈，也一样。以前见面的时候，妈妈总会说：“米朵呀，好好吃饭，天冷多穿衣服，要听爷爷奶奶的话。”现在妈妈张口闭口就是考试、成绩、学习……为了提高米朵的成绩，妈妈使出浑身解数，给她报了各种补习班。另外，除了每天的日常安排外，她都会在下班的时候准时准点给马老师打电话，问问米朵一天的学习情况。

米朵有时候一个人在家里看着电视里的《动物世界》，然后会想到爸爸妈妈，她想他们是不是也会像电视上的那些动物一样，进化、变异……

她不知道爸爸妈妈是在进化，还是在变异。她只是希望不管他们怎么变，自己依旧能认出他们，他们也依旧能认出自己，这就足够了。

来北京的第一个周末，米朵悄悄给奶奶打了电话。电话里"嘟嘟嘟"的声音，此刻显得那么漫长。"奶奶快接电话啊，是朵朵的电话呀……"米朵心里念着。

"喂，谁啊？"

"奶奶……"这一声似乎用尽了米朵全身的力气。

"哎，是朵朵啊！"

奶奶的声音像一湾温暖的泉水流过米朵的心里，泪水慢慢淌出了她的眼眶。

米朵只觉得自己的身子在哆嗦，牙齿"咯吱咯吱"响，不知道该说什么，就那样一直哭着。电话那边的奶奶安慰着米朵："朵朵，怎么了？不哭了，不哭了，发生什么事了，快告诉奶奶啊。"

米朵摇摇头，她觉得奶奶就在她眼前。她摇一下头，奶奶就能看见似的。她靠着电话，就像小时候靠着奶奶的肩膀。哭了好久，奶奶一直都在电话那头安慰着米朵。

米朵擦干眼角的泪，吸了吸鼻涕："奶奶，我想回家！"

奶奶愣了一下："朵朵，你的家就在北京啊，怎么还要回家？"

"这……这不是我的家……不是我的家。"米朵喃喃自语地挂了电话，径直躺到床上，泪水打湿了枕头。

3 / 一瓶水

米朵不明白，为什么自己上课积极回答老师的提问，有些同学会说她知道点儿东西就爱显摆。她不知道，回答老师提问也有错！

米朵不明白，那次她和妈妈坐地铁，车厢里遇见一个乞讨的老奶奶，妈妈为什么会说她是骗子。老奶奶伸出手，在米朵妈妈面前晃了晃，明显是想要点儿什么，可妈妈就像是什么也没看见，仰起头，左望望，右瞧瞧。

米朵拿出口袋里仅有的五毛钱，准备递给老奶奶。这时，妈妈却伸出手，一把夺过老奶奶手里米朵给的钱。

妈妈的眼珠子都要瞪出来了："朵朵！你不知道她是骗子啊！给她钱干吗？别给她！"车厢里的人纷纷摇了摇头。

妈妈看出了大家眼神里流露出的轻蔑，她有些烦躁："看什么看？如果有爱心，你们自己给去！我可不给！"

身边的人们下意识地捂了捂口袋，生怕里面的东西掉了出来，一个个都躲得远远的。

看着老奶奶微驼的后背，一瞬间，米朵有了主意。

她的目光盯在妈妈手上的矿泉水瓶上，起初的眼神带着犹豫，接着变得坚定起来。她拿起——不——应该说是夺过，她夺过矿泉水瓶，站起来，跑到老奶奶身边，把水递给了她。

老奶奶看着手里的矿泉水，眼角含泪，弯下腰，对米朵说了声"谢谢"。面对一位老人的行礼，米朵觉得不舒服，很不舒服。她一直都觉得这么做是应该的，没什么可谢的，妈妈以前也曾告诉过她，要有

爱心。可是现在,妈妈似乎得了健忘症,把她说过的那些话都忘得一干二净了。

“米朵!”妈妈连朵朵都没叫,很显然发火了,“你要干什么?”声音太大,车厢里所有人的目光再次聚焦到这位凶悍的妈妈身上。

面对这么多人的目光,妈妈白了白眼,闭上了嘴。

老奶奶走了十几步后,回过头,冲米朵露出了一个微笑,这微笑被妈妈的余光看见了。在眼神触碰的一瞬,妈妈突然浑身直打哆嗦,像个犯了错又不敢承认的孩子一样。那一刻,她觉得自己还不如一个孩子。

“妈,你冷吗?”米朵看着发抖的妈妈,连忙问。妈妈只顾着摇头,不知道什么时候,她的眼泪掉了下来。

4 / 两个人的地铁

在米朵转身的时候,老奶奶已经消失得无影无踪了。人们低着头,把刚才发生的一切当作一场热闹,看过就忘了。拿着ipod和iphone“噼里啪啦”地按着,耳朵里塞着耳机,放出的声音大到米朵都可以听得一清二楚。

不管是周末还是晚上放学回家,米朵都会坐上这趟13号地铁,从起点到终点,然后再转车回家。窗外一排排白桦树掠过眼前,树干上那一双双“眼睛”望着自己。白桦树被人砍去枝干之后,身上就会留下一个个疤痕,它们就像是默默注视着这个世界的一双双眼睛。在和那一双双眼睛对视的时候,米朵的眼泪突然钻了出来,视线里的一切都模糊了起来。她觉得自己就是那一棵棵白桦树,浑身都是伤口。

回到家，妈妈就问米朵到哪里疯了，这么晚才回来。妈妈说：“不好好学习，以后就别想留在北京！要知道，北京不是那么容易待的！”

妈妈的话里藏着一串串爆竹，此刻，都被引爆了。

米朵死死地盯着妈妈：“我不喜欢北京，我也不想留在北京！我要回草坡！”她的语气坚决，丝毫没有妥协的意思。

“好，好，赶快滚！回去就别回来，永远都别回来，省得我心烦……”

直到米朵把卧室的门关上，妈妈依旧喋喋不休地细数着米朵的“罪行”。

周末一大早，米朵摔门出去了。她再次坐上了那趟13号地铁。窝在座位上的米朵，听着铁轨发出的声响，心里有种暖暖的感觉，就好像这趟列车是开往爷爷奶奶家的。

还差四站就要到达终点的时候，车上的人已经下得差不多了。

坐在车上一直朝窗外看的米朵没有发现，一个人悄悄站在了她身旁。直到在车窗玻璃上看到了影像，她才发觉身后有人。

米朵忍不住失声叫了一声：“啊！”

那个人用温暖的手抚摸着米朵的头发：“嘿，宝贝，是奶奶啊……”

转过头的米朵看清楚了那个人的脸：原来是上次在车里乞讨的奶奶。不过，好像又不像……眼前的她干净利落，也精神了许多。

“奶奶？”米朵狐疑地看着眼前的老人，“真的是你吗？”

“是我啊……宝贝，谢谢你上次给我的那瓶水。说实话，那时候我的嗓子都快冒烟了。”奶奶坐到米朵的身旁。

米朵靠着奶奶，安静地睡着了。

5 / 奶奶是树精

“终点站——白桦林站到了。”

白桦林站？没有听错吧？怎么会有这样一个站呢？

米朵满脑子的疑惑还没有解开，奶奶已经拉着她走出了地铁。

放眼望去，一排排的白桦树笔直地站在那里，似乎一直在等待着她们的到来。

“嘀咕啦白桦……嘀咕啦白桦……嘀咕啦啦啦……”奶奶高兴地唱起了歌，拉着米朵朝白桦林跑去。

耳边有风掠过，米朵跟着奶奶往前跑。

当跑到一棵有100多米高的白桦树下的时候，奶奶停住了。

这白桦树好粗好高啊，米朵围着它走了一圈，花了将近5分钟，累得满头大汗。“奶奶，这……这是我见过最粗、最高的树了。”米朵弯着腰，大口大口地喘着气。

奶奶甜甜地笑着说：“这里就是我的家。”

“一棵白桦树？”

“是的，一棵白桦树，我住在里面。”

“啊……你……不会是鬼吧？”米朵尖叫着往回跑。

奶奶慌忙拦住了米朵：“奶奶不是鬼……你看，鬼有奶奶这个样子的吗？”

米朵愣了愣，仔细地看了看眼前这个慈祥的奶奶，怎么看也不像是鬼。或许这是奶奶跟自己开的玩笑：“嗯，不像，一点儿都不像……奶奶刚才是和我开玩笑吗？”

“没开玩笑，我就住在白桦树里。”说着，奶奶朝粗大的白桦树走过去，一眨眼的工夫就消失了。没过一会儿，她又像个幽灵一样突然从树里面钻了出来。

米朵张大的嘴半天都没合上。

奶奶赶忙解释：“宝贝，我是一个树精，已经活了500年了。”

“啊，这么老？”

“树精的寿命只有500年，除非……除非……”

“除非什么？奶奶快说啊……”

“除非等到500年来临的那一天，有人肯递给我一杯水，只需要一杯水。树精是需要水才能活下去的……而那天我出现在地铁上的时候，正好是我500岁的生日。”

“如果那天没有那瓶水，奶奶就会死掉吗？”米朵满眼的哀伤。

奶奶点了点头：“那天我穿梭过许多地方，你是唯一一个肯帮助我的人。谢谢你，好孩子。”

奶奶摇了摇头，不开心的脸上又重新挂满了微笑：“不说这个了，我带你到树上看看吧！”

“啊？”还没等米朵反应过来，奶奶就拉着米朵的手缓缓地飞了起来。缓缓地往上升啊，越来越接近那蓝色的天和白色的云。

米朵的心情瞬间好得不得了，探着头朝下面看。

好高啊，居然飞了这么高。

白桦树的顶端是笔直的树干搭成的平台。奶奶和米朵终于到了最顶端。

朝下面看，朝远处看，朝上面看……米朵在一团团的白云之间，感觉像在做梦。

周围安静极了，只能听到风声。这是来北京之后，米朵第一次享受到这样安静的环境。她有点儿不适应，又有些受宠若惊。

“奶奶，谢谢你。”米朵靠在奶奶的怀里，轻声地说。

6 / 奶奶，我会再来看你

奶奶说：“宝贝，你帮助了奶奶，接下来奶奶还能在这片白桦林里活500年……奶奶应该谢谢你才对。”

“没什么，奶奶，真的没什么。”米朵羞红了脸。

奶奶拿出一块白桦树的树皮，看上去和其他的树皮并没有什么不同，不过上面的那只“眼睛”就像是奶奶的眼睛。

奶奶说：“如果你想奶奶了，就坐上13号地铁，带着这块白桦树皮到这里来。”

米朵小心翼翼地把那块树皮放在了口袋里。再次坐上地铁的时候，她下意识地摸了摸自己的口袋，它还在那里。

笔仙，谢你许我一个梦

1 / 住在天堂里的孩子

常新港说："女孩子的心，像一眼湿漉漉挂满苔藓的井，谁不小心碰落了一块石头，就会溅起水花来。"

羽初合上了书，眼里腾起潮湿的雾，她很难过。周围的人居然还不如一个陌生人懂自己。

越想越难过，她眼眶里的那团雾升腾成雨，一点点淌出来，汇成小河。羽初浑身抽搐地哭着，坐在长椅上读书的男子，向这边投来疑惑的目光。羽初赶忙翻开书，慌慌张张地把整本书挡在脸上。

潮水一般，肆无忌惮地哭起来。小河终究还是泛滥成洪水。

长椅上的男子看清了那本书的名字——《天堂的卧室也漏雨》，

他叹了口气，低沉地说道：“住在天堂里的孩子，哭了。”

2 / 我若成鱼

羽初哭完了，也哭累了。擦了擦脸颊上的泪，她朝窗外望去，不知道什么时候又下雨了。街道上的水慢慢地涨起来，站在雨中的人们撑着伞焦急地等着公交车的到来。

可能又会是一场令人猝不及防的大雨。这个季节的北京，连续几天下着大雨，雨水已经成灾了。羽初断定，这座城市的心里一定装满了心事。不然，她怎么会哭得这么厉害？

唉，大雨，你就尽情地下吧。即使再大的雨，浑身都淋湿了，也没人管。羽初难过地想，禁不住又想哭。

雨越下越大。书店的长椅上只剩下她一个人，其他人都去赶公交车回家了。羽初也想回家，可是她不知道，那个家还能不能称作她的家。

爸爸妈妈吵架是常有的事。那个家有时候就像是战场，一场战争结束后，两个战士慢慢疗伤，然后隔几天，又重新开战。

自从羽初得了鱼鳞病之后，他们吵架的次数就更多了，几乎每天都会吵。

羽初的胳膊上、腿上的皮就像是鱼身上的鳞片，慢慢地长出来，万能胶般牢牢地黏在那里。

得病之后，羽初就再也没去上学，再也没穿过裙子，她受不了那种眼神和话语，苍蝇似的整天围绕在身边。

她开始哭，没日没夜地哭。爸爸骂：“哭，就知道哭，有什么好哭的？早知道现在这样，当初就不该要你！”

那天，外面也像现在这样下着大雨。羽初迈着大步，扑向雨中。

“为什么会这样？如果要我变成鱼，就彻彻底底把我变成鱼吧。不要再折磨我了！”站在雨中的羽初，泪水淌过脸颊，坠落地面，混着雨水流向远方。

羽初顺着路，一直往前走，路过一片湖，湖水深不见底，雨水在湖面跳着舞。她情不自禁地跟随着，踏进了湖里。脚刚迈进去，就有一群小蝌蚪涌过来，向着一处暗绿色的水草游去。羽初又情不自禁湿了眼，那蝌蚪竟有那么多那么多的朋友和亲人围着它们啊！

脚一点点朝前迈，水从脚踝处没过膝盖，接着又没过了胸，瞬间她觉得呼吸都有些困难了。

“不可以，不可以的！羽初，不要——”是一个女子的哀求声，声音里带着央求。

羽初愣了一下，接着继续朝前走。

“不可以——不可以——”那个声音再次响起来。羽初能听得出来，那个女子哭了。

羽初相信这只是她的幻觉，在这个世界上，谁会真正地在乎自己呢？谁会？

羽初醒来的时候，躺在河边的青草丛中，那淡淡的青草味慢悠悠地飘过来。是河水把自己冲上岸的，还是有谁救了自己？羽初左右看了看，没有发现一个人。

身边却意外地放着一张纸条。

羽初：

你是一粒种子。请相信，总有一天，你会以一种翠绿的姿态钻出地面的。没有人是来陪衬世界和别人的。

笔仙

“没有人是来陪衬世界和别人的。没有人是……”羽初反反复复、一遍一遍地念着。

正当羽初盯着纸条看的时候，“笔仙”两个字旁边多出了一支笔。

3 / 在文字里沉睡

羽初依旧还会和从前一样，每天都待在书店里。对于她来说，书店更像是她的家，在书里，她能得到些许的安慰。她尽情地徜徉在文字的世界里，有哭，也有笑。

书店是9点钟关门，还有10分钟，店员就催了：“小姑娘，我们要下班了，等明天再来吧。”

走出书店，羽初整了整衣服，想尽力让衬衣和长裤把自己包裹得更严实一些，让别人觉得她是个正常的孩子。可是，越是这样，就越能吸引来周围更多的目光。

“这么热的天，那个孩子怎么穿那么多衣服啊？”目光里总是充满了质疑。

羽初加快了脚步，可是她不知道该往哪里走。每天除了吃饭的时间，她很少回家。爸爸妈妈也似乎渐渐地把她忘记了。他们都很忙，忙着吵架，忙着离婚，忙着做许多许多的事……

离书店不远的24小时营业的麦当劳成了羽初的家。饿的时候，她会吃一些别的顾客剩下的薯条什么的，然后找一个安静的角落躺下。硬邦邦的长椅上，羽初需要蜷缩着身体才能躺下。

店里的服务员从来都没有赶过羽初，她可以安心地躺在这里睡觉。有时候，她觉得连服务员都比自己的父母好。

想到这里，她又打消了这样的想法。怎么可以这样想呢？他们毕竟是自己的父母啊，生了她，养了她，还能怨恨什么呢？

都怨自己，居然得了鱼鳞病，而且又是个女孩。爸爸是多么渴望

要一个儿子啊！

羽初很快就睡着了。

梦里，她身上的鳞片一点点生长，长满了全身，就连脸上也长满了可怕的鳞片。最后她居然变成了一条鱼，一个大浪扑过来，羽初就随着海水淹没在大海里。

“不！我不要变成鱼！不！不！”羽初撕心裂肺地喊着。

满头大汗地惊醒了。

羽初擦了擦脸上的汗珠。

眼前一个人正拿着水杯，看着羽初：“孩子，做噩梦了吧？都出汗了，喝杯水吧。”说话的人是店里的服务员。

羽初看着服务员姐姐的脸，忍不住失声痛哭：“为什么对我这么好？姐姐为什么对我这么好？可他们却不爱我……”

服务员姐姐什么也没说，只是拍了拍羽初的肩，把她搂在怀里。

平静下来的羽初，继续躺在椅子上，睡觉、翻身的时候，身下发出了“吱吱”的声音。

羽初从身下找到一张纸条：

羽初：

把你想说的都通过文字表达出来吧！

笔仙

居然又是笔仙写的纸条！她究竟是个怎样的人？羽初正在想的时候，桌子上的一支笔突然飘了起来，又“刷刷刷”地在纸条上写下几个字——

我是笔仙，你不会看见我的。但是，我会一直陪在你身边。孩子，你并不孤独。

“笔仙，笔仙，你在哪儿啊？快出来啊！”羽初含着泪哭喊着，“请你告诉我，我究竟能做什么？他们每个人都不喜欢我。”

不哭，不哭。好孩子，你一定会成功的。

当羽初想再问些什么的时候，悬在空中的笔“啪”的一声，掉在了桌子上。

笔仙走了。

4 / 不是你们亲生的？

那次爸爸妈妈又吵架了，羽初回家，他们居然都没有发现，还在屋里吵啊吵啊。

“赶快离婚！连个孩子都生不了，还要从外面抱养。你看见了没？羽初是个病孩子。我早就知道，要是正常的孩子，父母哪忍心扔到路边。”

“离婚就离婚！我也受够了。”

……

父母这突如其来的对话，重重地砸在羽初的心上，她的整颗心都碎了，一片一片的。

他们不是我的爸爸妈妈，我的爸爸妈妈不要我了……羽初的脑子里很乱。

怎么会这样？虽然爸爸妈妈不喜欢自己，可也不能说自己不是他们亲生的啊。自己难道真的是弃婴？不可能的，不可能的！

羽初摔门而出，迎面吹来的风把她眼睛里的泪全都吹了出来。

那一夜，羽初消失了，在这座城市里彻底消失了。没有人再见过她。

爸爸妈妈——哦，不对——是养父养母，他们终于要离婚了。

跟随着羽初一起消失的，还有两样东西，那就是一直陪伴着她读书写字的笔和本子。

书店里、麦当劳里……那支笔和本子从来都没有离开过羽初。对于她来说，这两样东西才是自己真正的朋友。

就在羽初的养父养母打开房门准备去办理离婚手续的时候，一张纸条落在了门口。

羽初的养母捡起了它——

羽初，我带走了。我会好好爱她，比你们更爱她。你们不配做父母，更不配有自己的孩子。

署名的地方依旧是“笔仙”。

养母浑身颤抖着说不出话来。养父夺过纸条，看了之后，牙齿咯咯响。

他们关上了门，谁都没再提离婚的事。他们也没再收养孩子。

谁都不知道，他们到底怎么了，或许只有他们自己才知道吧。

弟弟，你从未离开我

1 / 没有弟弟的日子

弟弟走了已经一年了。妈妈以为我小，不懂事，所以常常骗我说，弟弟去一个很远很远的地方了，过几年就回来。如果弟弟过几年就回来，妈妈，你为什么每日每夜抱着弟弟的照片哭呢，一边哭，一边还用手背揩拭眼角的泪，可怎么也擦不干。

那一天，妈妈做好饭，端上桌子，然后顺手摆了四副碗筷。

“妈妈，只有我们三个人，你怎么又摆了四副碗筷呢？”

“哦，是啊，我怎么又摆了四副碗筷呢？”妈妈的眼神有点儿迷离，拿着碗筷往厨房里走，一不小心，“砰”的一声，碗碟碎了一地。妈妈待在那里，豆大的泪珠掉在了地上。

“妈妈，是不是又想弟弟了？”妈妈点点头，我走到妈妈身旁，妈妈靠着我，泣不成声。

妈妈哭，我就跟着哭。没有弟弟的日子，我要一个人去上学，一个人去游乐场，一个人……一个人做好多好多事情。

我突然感到好孤单，这是我第一次知道孤单是什么滋味。

2/遇见了花妖

那天放学后，我依旧是一个人回家。路上，我闻到了一阵阵淡淡的蔷薇花香。随着花香往前走，那香味就更浓了。

我加快了脚步，扑鼻的香味更近了。转过一个胡同，一簇簇蔷薇花就那样跃入了眼帘。

好美的蔷薇花！阳光照在花瓣上，心里觉得暖暖的。只可惜蔷薇花被圈在栅栏里了。

我在栅栏外面转悠，试图到里面看看。太好了，我发现了一个足可以让我钻过去的洞了。我猫下腰，钻了进去。

可是，进去之后我才发现这里荒草丛生，高高低低的青草之间盛开着不知名的小花。

奇怪的是，这里安静极了，一个人也没有。“怦、怦、怦”，我的心一下一下地跳着，我害怕了。

当我正要转身的时候，一片树叶从头顶飘落下来，晃晃悠悠地掉在我的脚边。树叶上还有字：

转三圈，跳三下，再喊三声“小花妖”，就会有神奇的事情发生哦！

虽然这些话真的很荒唐，但我还是照办了。“小花妖，小花妖，小花妖！”喊完之后，我站在那里静静地等待奇迹的发生。等了一会儿，我左看看，右看看，真是的，纯粹是骗人，哪有什么奇迹发生呀，只有像我这么傻的笨女孩才会信以为真。

我正准备走，刚迈开一步，一丝丝凉风拂过脸面。我抬头望去：

哇！密密麻麻的雪花从天而降，整个院子里都铺满了白色的雪。

“嘿嘿，”身后传来一阵稚嫩的笑声，“在这里待了这么久，今天总算可以出来透透气了。”一个男孩出现在我面前，看上去只有七八岁的样子，如同一个可爱的瓷娃娃。

那一瞬间，我有一种错觉：难道弟弟回来了？

我慢慢地回过神，暗自想：在这样人迹罕至的地方，怎么会出现这样一个男孩呢？

我冷不丁地打了个寒战，往后退了几步，脚下的雪被踩出沙沙的响声。

“别怕，别怕，我不是有意想吓到你的。”男孩看出了我的恐慌。

其实，他的样子真的不算可怕。我们坐在雪地里，旁边的蔷薇花在这样的大雪中依然盛开着。芬芳的气息，一丝丝地飘过来。男孩说，他是这里的花妖，负责守护蔷薇花。

我还是第一次听说花妖是男孩。有这样的花妖陪伴，那些花儿一定是幸福的吧？

3 / 带着小花妖回家喽

“虽然你说自己是花妖，但是一点儿都不可怕，要我说还很可爱。”

听了我的话，他不好意思地低下头，像个犯了错的孩子，一抹红霞出现在他脸上。

小花妖带我到处转悠，我们一起打雪仗、堆雪人。我感觉他就是我的弟弟。如果弟弟还在，肯定会陪我玩游戏，陪我肆无忌惮地大笑。

他轻飘飘地飞上了天，雪花落在头顶。从下面向上看，这个可爱的男孩真像是天使。

“来呀，一起到天上来看看吧。”

“可是，可是我不会飞。”

“没事的。”说完，小花妖落回地面，双手捧起地面上的雪从我头顶上往下撒。

咦，我的衣服变成了纯白色的棉布裙子，我的后背好像也有什么东西长了出来。伸手一摸，原来是一对翅膀。转过头，我看见那双翅膀是纯白色的。

有力地挥动着翅膀，我和小花妖在空中自由自在地飞翔。下面是白色的雪，还有红艳艳的蔷薇花，美丽极了。

天色渐渐暗下来，我该走了。

“小花妖，你会一直一直在这里吗？”

“会的。只要这个地方还在，这些花还一直开，我就会留下来守护着它们。一旦这些花不在了，我也就要离开了。”小花妖说。

“小花妖，我该走了。”我不忍心说“再见”，转身就要走。

“等等……”

“怎么了？”

“我从来没到人家家里玩过，我想跟你一起回家，可以吗？”

“可以啊。”我心里想着，今晚有人陪我看星星，有人陪我看故事书了。真好！

小花妖高兴地蹦起来，他变成了一枚好看的蝴蝶卡子，让我戴在头上。然后呢，我就高高兴兴地钻出栅栏。栅栏边的蔷薇花还在盛开着，而栅栏里的雪已经停了。

“小小，你来这个地方干什么？这里尽是野草野花，说不定草丛里还有毒蛇呢。赶快跟妈妈回去！”天色确实不早了，怪不得妈妈都出来找我了。

我摸了摸头上的蝴蝶卡子，还在。

妈妈在前面走，我带着我的小花妖回家喽！

4 / 你吓到妈妈了

小花妖和我一起回家，妈妈丝毫都没有察觉。晚上，爸爸妈妈都睡下后，小花妖带着我飞过许多地方。我们飞过高山，看见正站在树梢上的猫头鹰，它居然还和我打了声招呼。我们飞过田野，看见在麦田里穿行的老鼠。“嘘！”老鼠示意我们不要说话，毕竟它们也要解决温饱，还要照顾自己的孩子，所以偶尔偷一点儿粮食也不是不可原谅的。我们飞过森林，我看见一群可爱的小动物正在开篝火晚会。它们跳舞的姿势千奇百怪，我都笑出了眼泪。

飞回来之后，我躺在床上，慢慢地睡着了。

小花妖说他是不需要睡觉的，于是待在窗外数星星、看月亮。

当我睡得正香的时候，突然听见一声尖叫。

“妖怪呀！妖怪呀！”是妈妈的尖叫声。坏了，妈妈一定是发现小花妖了。

起床去客厅，只见妈妈站在那里，眼睛愣愣地望着窗外。

“刚才，刚才我看见窗外有个白色的影子在那里晃啊晃啊！吓……吓死我了。”妈妈变得结结巴巴，看样子真是被吓到了。

过了很久，妈妈才平静下来。我回到屋里，小花妖正坐在阳台上。

“小花妖，你吓到我妈妈了。”我极力压低自己的声音，生怕吵醒妈妈。

“对不起。”

“没事，你只要变成蝴蝶卡子就行了，等没人的时候再出来。”我一说完，小花妖就变成了蝴蝶卡子。

这下我才安心地上床睡觉了。

5/小花妖回答吧

第二天一大早，太阳明晃晃地照进了屋里。我揉了揉惺忪的双眼，蝴蝶卡子呢？蝴蝶卡子怎么不见了？我的小花妖哪儿去了？

“妈妈，我的蝴蝶卡子哪儿去了？”

“你是说放在窗台上的那个蝴蝶卡子啊，让我扔出去了。你在哪儿捡的蝴蝶卡子啊，太不干净了。以后别往家里乱拿东西！”

“妈，你怎么可以……”我的眼泪奔出了眼眶。

那天放学之后，我特意绕路去看蔷薇花，去寻找我的小花妖。

转三圈，跳三下，再喊三声“小花妖”。我还像上次来这里一样，试图用这种方法让小花妖现身。可是，我等了许久，什么都没有出现。

几个月过去了，有一天，妈妈说那块荒地要改造了，到时候会盖很高很高的楼，到时候我们就搬到那里去住。

听到这个消息的时候，我没有丝毫的喜悦，眼泪“吧嗒吧嗒”地掉下来。

妈妈不知道，一旦那些花儿消失了，小花妖就真的消失了，再也回不来了。

6/弟弟回来了

每天，荒地里都会传出机器的轰鸣声。在轰隆隆的施工现场，我的哭声谁也没有听到。后来，我就很少去那片荒地了。

一年多过去了，有一天，妈妈突然说，楼房建好了，我们可以搬到新家去住了。搬到新家的第一天，我一夜都没睡好。我们霸占了小花妖的地方，他现在去哪里了呢？

说来也怪，搬到新家的第二天，妈妈身体就不舒服，去医院一检查，大夫说妈妈怀孕了。爸爸高兴地咧着嘴"嘿嘿"地笑，妈妈高兴得都哭了。

只有我知道，小花妖回来了。

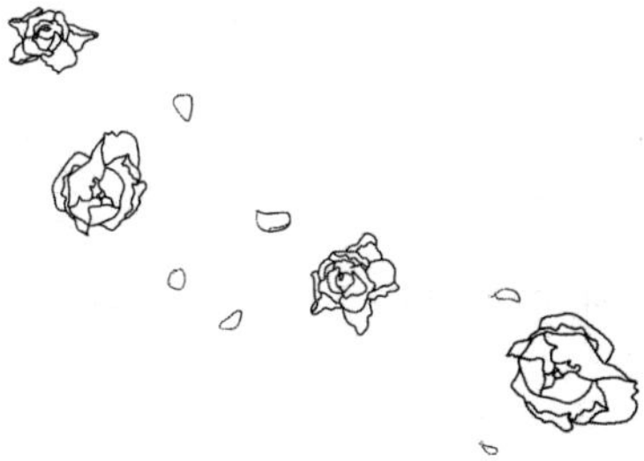

带我去一个没有寒冷的地方

1 / 我的小米

我告诉妈妈，我看见小米了，她昨天晚上还带我去她的新家做客了。那里真的很美，她穿着花布衣裳，头上戴着一朵鲜艳的花，真像书里面走出来的小公主。

“傻孩子，你一定是做梦了。小米已经走了，她去了很远的地方，永远都不会回来了。”妈妈好像很无奈的样子，皱着眉头跟我说。

“不管她去了哪儿，等我学会飞的时候，我就可以去找她。”我望着窗外飞翔的小伙伴，坚定地说。

“傻孩子，早点儿睡啊，不然一会儿灰太狼就来了。”妈妈关上了门。

我才不怕灰太狼呢，灰太狼是世界上最笨的狼，总是被喜羊羊它们打败。如果灰太狼敢欺负我，我一定会毫不客气地把它打趴下。想到灰太狼屁滚尿流地跑回它的狼堡，被红太狼训斥的样子，我就哈哈大笑。

“夏夏，夏夏……”安静的屋子里突然出现了小米的声音，我四处张望着，想寻找我的小米。她在哪儿呢？

“夏夏，我在你眼前啊，你要关了灯才能看到我。”是小米的声音，那样熟悉，那样温暖，像我最爱吃的棉花糖含在嘴里的感觉。

我踩在小板凳上，好不容易伸手关了灯。一眨眼，小米就出现在我眼前，和昨天晚上见到的是一样的：花布衣裳，头上戴着一朵鲜艳的花，身上闪着亮亮的光。

我高兴地拉着小米软绵绵的小手：“我跟妈妈说，你昨天晚上带我去你新家玩了，妈妈不信，还说你永远都不会回来了。”想到小米永远都不会回来，我就扑上去抱着我亲爱的小米，“吧嗒吧嗒”地掉眼泪。

“夏夏，你怎么哭了？我不是来了吗？”小米摸摸我的头，像个大姐姐一样。其实，她只比我大两岁。

2 / 夏夏不会飞

我们的村子有个好听的名字——桃花源，这里四季如春。路边、田野里，任何一个地方都开满了桃花，就连我的床头都插着半米高的桃花，香气扑鼻。整个村子一直都这样温暖，而且很温馨。

只是我们从来都没有离开过这个村子，因为四面是高高的山。虽然生活在村子里的人，只需要挥动一下自己的手臂就能飞起来，但是却永远飞不出这个村子。

听村里的老人说，从来都没有人离开过村子，也没有人进来过。唯一能够进出的方法就是念一连串的咒语，但据说要念完这一连串的咒语，至少需要花上一个月的时间。即使这样，村里根本就没有人知道那句咒语是什么。

对于咒语，我本来是不相信的。后来，爸爸这么说，妈妈这么说，爷爷这么说，奶奶这么说，全村的人都这么说，于是我就信了。我想：当初小米来我们村的时候，一定是花了一个月收拾行李，买好看的花布衣裳，然后梳好乌黑的马尾辫，又花了一个月在家里念咒语，最后终于来到了我们村。

而我是一个连飞都不会的胖女孩，也懒得花一个月的时间念咒语，如果是连吃一个月红烧猪蹄的话，倒可以考虑一下。所以，我可能这一辈子都不会离开村子了。

有一次，我看见天上漂亮的星星，想伸手去摘，可是飞了还不到一米高，就重重地摔到了地上。飞翔对桃花源的人来说，就像吃饭、睡觉一样，实在是最普通不过的事情了。可是我就是不会，想到自己是桃花源里最笨的人，我就“哇”的一声哭了。

这时，几个飞翔在空中的小伙伴盘旋在我的头顶：“哈哈，胖夏夏摔到地上了。”“胖夏夏不会飞啊，她是我们村子里唯一不会飞的人，真是一头笨猪。”“说得对啊，桃花源的人生下来就是会飞的。”他们一直在说，我一直在哭，后来他们飞走了，我还在哭。

夜深了，天上的星星多了起来，一闪一闪的。妈妈背着我在天空中飞，飞过白云，飞过桃林，飞过那些缓缓流淌的小河。妈妈说，我永远都是她的宝贝女儿，她会带我飞到任何一个地方。

晚上，我做了个梦，梦里我飞得很高，小伙伴们再也不叫我“胖夏夏”“笨夏夏”了。我摘到了星星，送给了妈妈，妈妈抱着我开心地笑了。

3 / 不会飞就不会飞吧

一觉醒来，清晨的阳光已经照透了整个山谷，桃花源里又是一片其乐融融的景象。人们正在耕地，调皮的小伙伴牵着自己家的狗在空中飞翔。小狗的四只小爪子一前一后，不断拨弄着风儿，很滑稽的样子。

不过，想到连小狗都会飞，一瞬间，我又不开心了。

“胖夏夏？”身后传来询问声，带着犹疑和不确定。

这样一个美好的早晨，居然还有人这样戏弄我？我转过头，噘着嘴，大声地吼道：“讨厌，讨厌，我是夏夏，不是胖夏夏！”

眼前的女孩一脸无辜的样子：“对不起，我听他们这样叫你，所以我以为你叫胖夏夏。”她身上是好看的花布衣裳，五颜六色的，像镶在身上的一道道彩虹。

看着她扑闪扑闪的大眼睛，里面满是无奈，我就没那么气了。

她看起来不像那些飞在天上的小伙伴，眼神很温和，笑起来的样子如同一朵娇艳的桃花。而那些小伙伴从来都没有这样的眼神，也不会对我笑。看见这个小女孩的那一刻，我小声地说了一句：“我喜欢你，可以和你做朋友吗？”

“可以啊，我也很喜欢你。我叫菜小米，‘菜’是‘蔬菜’的‘菜’，‘米’是‘米饭’的‘米’，以后夏夏和小米就是好朋友了。”说完，她又露出了甜甜的笑。

我也跟着笑：“我最喜欢吃米饭和蔬菜了，所以我很胖，所以我就

飞不到天上摘星星，所以他们叫我‘胖夏夏’‘笨夏夏’。”

我跟小米说，我的大部分时间，都是一个人待在院子里练习飞翔。有时候，我会爬到树梢上往下跳，我挥动着胳膊，像小鸟挥动着翅膀。风从耳边穿过，我一点点往上爬，最后看见从我身边飞过的小鸟，我更加兴奋地挥动有点儿肥胖的手臂。“我要去摘星星。”我骄傲地说。可是每次越用力越往下沉，最后又摔到地上了，我就又哭了。不是因为疼，而是因为我飞不到天上。

小米说：“不会飞就不会飞吧。我们那里的人都不会飞，但是我们平时都很快乐。我们玩‘跳房子’‘躲猫猫’。如果每个人都会飞，那玩‘躲猫猫’就没意思了。还有，我们喜欢唱歌。开心的时候唱歌，烦恼的时候也唱歌。”

听小米这么一说，原来不会飞也没什么嘛，不会飞也可以很开心。于是我高兴地拉着小米的手：“我不学习飞翔了，我还要做那个胖胖的夏夏、笨笨的夏夏、开心的夏夏。”

说完，我拉着小米的手，在风中奔跑，我们嘴里哼唱着快乐的歌。风中，小米的马尾辫一上一下，像跳动的音符。

4 / 小米偷了桃花种

我带小米到家里玩，妈妈的第一句话就是：“这是哪里来的孩子，我怎么从来没见过？”

小米说：“我一直想到一个温暖的没有寒冷的地方，想了很长时间，不知道怎么的，就来了。”

原来不需要念一个月长长的咒语，就可以到我们村子啊。如果我一直想离开这个温暖的地方，是不是一直想一直想就可以离开呢？

后来，村子里的人都知道小米是一夜之间就来到我们村子的。看到这个可爱的小女孩，大家都非常喜欢。村长说，小米一定是上天派来的小神仙，于是就决定把小米留在桃花源。

小米说："我不是什么小神仙，我只是菜小米，'菜'是'蔬菜'的'菜'，'米'是'米饭'的'米'……"村长笑了，妈妈也跟着笑了，大家都笑了。他们说："真是个可爱的孩子。"

小米对我说，如果能一直住在这个地方就好了，然后小米就不说话了。

"其实每个地方都可以四季如春的。听妈妈说，只要把桃树的种子种在任何一个地方，那个地方就能一直温暖下去，而且周围会开满甜香的桃花。"

"真的吗？"本来闷闷不乐的小米又绽开了笑脸。

"嗯，是啊！不过妈妈不让我把这个秘密告诉别人，所以你也不要告诉别人啊。"

"嗯。"

第二天，天还没有亮，就听见外面吵吵闹闹的。我趴在窗户上向外看，密密麻麻的人群中，我看见小米被围在中间，她的小手上满是泥，手掌里是一颗大大的种子。

是桃花种！

小米居然偷了桃花种！

我一着急忘了自己是不会飞的，从窗户上往外跳，挥了挥手臂，"扑通"一声又重重地摔了下去。我抬眼看见所有的人都盯着我看。

小米眼泪汪汪地看着我，嘴里蹦出了两个字“夏夏”。随后我看见满眼的金星，再然后——我就晕了过去。

醒来的时候，妈妈在我的床头坐着，什么也没说。

“小米呢，她怎么样了？”我急切地想知道小米的消息。

“不要再提小米了！小米是个坏孩子，这次她可犯了大错，整个村子里的人都不会原谅她的。你现在摔成这样，还不是因为她？”

“妈妈，你不可以这样说她。小米是好孩子，她是我的好朋友！”

“不要提她了，她永远都不会回来的！”妈妈重重地关上了门，关上了我和小米之间的那扇门。

5 / 离开这里吧，小米

小米摸着我的头，劝我不要哭，要永远微笑。我点点头，擦去了眼角的泪。

我问小米：“这些天你都去了哪里？为什么要偷我们桃花源的种子？偷东西的孩子不是好孩子。”

小米告诉我，她哪儿也没去，她被村长关在大桃树下，只有挖起那颗桃花种才可以救她。刚刚说完，小米转眼又不见了。

“小米，小米……”我用尽全身的力气喊小米回来。

“夏夏，醒醒，醒醒！是不是又做梦了？”我慢慢睁开眼，看着眼前的妈妈，才发现不过是做梦罢了。小米从来都没有回来过。

我抱着妈妈，眼泪不停地往外流：“妈妈，我要我的小米。”

我一直觉得昨天晚上小米真的来过了，所以吃过早饭，我就一个人偷偷跑到大桃树下。我蹲在地上，一个地方一个地方地挖，手上沾满了土，还有渗出的血，可是一点儿都不疼。当我挖到桃花种，把它放在手心的那一刻，小米出现在眼前，她看起来瘦多了。我抱着小米，上看看，下看看，然后在小米的手上咬了一下。“呀，真疼！夏夏，你怎么咬我啊，真把我当成蔬菜和米饭了啊？”

“我怕我这次又是在做梦……”

我问小米为什么要偷桃花种，爱笑的小米一下子就哭了，好像受了天大的委屈。

“我妈妈得了一种怪病，特别怕冷。只要到了冬天，她就会脸色发白，还会不停地打哆嗦。我给妈妈盖上很厚很厚的被子，还抱着她，可妈妈还是觉得冷。”

小米停顿了一下，接着说：“我每天都祈求上天带我们去一个没有寒冷的地方。一个多月过去了，有一天晚上，我念着‘带我们去一个没有寒冷的地方’，然后我就到了这儿。我偷桃花种，只是想让我们那里也变得四季如春，也开满桃花，这样妈妈的病就好了。”

小米真是个好孩子。

我把手上的桃花种递给了小米：“回家去找你妈妈吧。”

“夏夏，如果把种子给了我，你一定会被关在这棵大桃树下面的。”就在这时，后面传来村长的声音，他们飞过来了。我拉着小米往前跑，跑着跑着，奇怪的事情发生了。我们居然飞起来了，而且飞得很快。村长被甩在了后面。

我和小米在一棵桃树的树枝上停下来。“小米，小米，我居然能飞了。飞翔的感觉真好！小米，你现在可以安心回家了，村长抓不到我的，因为我也可以飞了。哈哈，我可以飞喽！”我兴奋地围着大桃树飞来飞去。

“嗯，我以后会回来看你的。你现在可以飞了，会有许多小伙伴

和你玩，他们不会再叫你‘笨夏夏’了。”说完，小米说了一句“带我离开这个没有寒冷的地方”，然后就消失得无影无踪。

我闭上眼睛，学着小米的样子说“带我离开这个没有寒冷的地方”，睁开眼，发现自己还待在原地。我又念着“带我去一个没有寒冷的地方”，睁开眼，居然回到了家门口。原来咒语也有失灵的时候。妈妈坐在门口等我：“夏夏，你去哪儿了？妈妈担心死你了。”妈妈拉着我的手回家的时候，我听见远方传来一个声音：

“带我去一个没有寒冷的地方。”

6 / 小米回来了

村子里的桃花种被小米带走之后，天气越来越寒冷，桃树也慢慢枯萎了。田里的庄稼再也没有丰收过。

一个月快过去了，小米从来都没有回来过。

“带我去一个没有寒冷的地方。”

“带我去一个没有寒冷的地方。”

天空尽头响起了两个柔和的声音。一个好像是小米的，另一个好像是一位阿姨的。

小米和阿姨就这样突然出现在我们面前。

看见小米的那一刻，全村的人都很生气。但我向他们解释了小米妈妈的情况后，他们就没说什么了。

“拿回去的桃花种，种下去之后，果然开出了许多好看的桃花，而且我们那里也变得暖和了。可妈妈说，这颗种子本来就是你们的，我们不能抢了你们的种子，不然你们将无法生活。”

站在一旁的小米的妈妈点了点头：“是的，我和小米花了一个月的时间，盼着能回到这个地方，我们一直一直念着‘带我们去一个没有寒冷的地方’，然后我们就来了。”

村长又把种子种在了大桃树下，村子里的桃树又长出了新叶子，庄稼也开始抽穗。一切还和以前一样一样的。

小米看见一切都恢复到以前的样子，脸上又露出了笑容：“这里确实很美，而且很温暖。可是，我们不得不走了。”

“为什么要走啊，住在这里多好啊。在这里住，阿姨的病就会好的，而且还可以和我玩，多好啊！”

“是啊，是啊，在这里住下吧！”村里的人也同意小米和阿姨住在村子里。

小米和阿姨住了下来。在这样一个没有寒冷的地方，我和小米时常在空中飞翔，周围满是甜甜的桃花香。没有人再说“带我去一个没有寒冷的地方”，也没有人说“带我离开这个没有寒冷的地方”。

巫婆，做我奶奶吧

1 / 坐在扫把上的奶奶

最近一直都睡不着觉，翻来覆去折腾一整晚，第二天就只能戴着一副熊猫眼镜去学校了。

妈妈给我买了些安神补脑的药，可是吃完之后，还是不起作用。我常常半夜起来站在窗前看着外面的夜空发呆，一颗星，两颗星，三颗星……一百颗星……三百颗星……结果越数越精神，比喝咖啡还管用。

记得奶奶说，困了就数小绵羊。好吧，那就信奶奶一回吧。一只小绵羊，两只小绵羊，三只小绵羊……数啊数啊，没过多久，就看见眼前有数百只小绵羊在奔跑，然后我就睡着了。

梦里，我梦见奶奶背着我漫步在长满了大片蒲公英的田野里。风吹来，蒲公英随着风飘散到各个地方，有的盘旋在空中，一圈一圈的，像是一场好看的舞蹈。

以后的日子，只要睡不着，我都会数小绵羊，数着数着就睡着了。梦中，奶奶带着我去村子后面的小山上采蘑菇，奶奶一直冲着我笑……

奶奶已经去世好多年了，可是每天晚上的梦让我感觉到，奶奶就在身边，只是一直在和我玩“躲猫猫”的游戏罢了。

于是，一天晚上，吃过晚饭，我就回到屋里，趴在窗台上看着外面黑漆漆的世界。我想，奶奶一定就在外面。有人说，人死后会变成幽灵，我倒很希望奶奶能变成幽灵，最起码还能回来看看我。我实在太想念奶奶了。

就在我陷入沉思的时候，窗户被敲得嘭嘭响。黑漆漆的窗户外面一时闪烁着耀眼的光，我的心里“扑通扑通”直跳，但是好奇心战胜了恐惧感，我慢慢把头靠近了窗玻璃。只见奶奶戴着一顶奇怪的帽子，骑在一把扫把上正向我招手呢！

“来可，来可，我亲爱的小孙女。快打开窗户，和奶奶一起出来玩吧。”

我毫不犹豫地推开窗，坐在奶奶的扫把上。我们经过一座座高楼、一盏盏路灯、一片片星星，不断往前飞，向高空飞。夏天的夜，凉爽的风从身边经过，浑身的细胞都能感到阵阵的凉意。

“奶奶，你要带我去哪里啊？”我抱着奶奶的腰，生怕掉到地上摔成肉饼。

“去奶奶住的地方啊。那里可漂亮了！”奶奶转过头给了我一个微笑。

“奶奶住在哪里呢？是不是爸爸经常说的那个被称作天堂的地方呢？”

奶奶神秘地笑了笑：“去了你就知道啦！”

2 / 奶奶是巫婆？

穿过厚厚云层的时候，我的手情不自禁地捏了捏身边的白云，软绵绵的。我张开嘴狠狠地咬了一口。咦，居然是甜的，比棉花糖好吃多了。

云层实在是太厚了，花了好长时间才穿过去。可是云层之上的天空并不是我想象的样子，本来以为一切都是闪闪发亮的，可是眼前的一切让我觉得这里不是什么天堂，倒像是地狱：周围黑漆漆的，远处是若隐若现的火光，等靠近的时候才发现那是一盏盏悬在半空的灯笼，红彤彤的两排大灯笼向远处延伸着，看不到尽头。

我有点儿害怕了，这是什么鬼地方啊。“奶……奶……”我的声音有点儿发颤，“这就是你住的地方吗？”

“我的乖孙女，看到这两排红灯笼了吗？我们顺着这条小路往前走，就能到达我住的地方了。”

“可是……”我本来想说要离开这个地方的，可是想想有奶奶在，有什么害怕的呢。于是，胆子就大了起来。奶奶的扫把左摇摇右晃晃，飞啊，飞啊……

突然，一群蝙蝠成群结队不知道从什么地方冲了出来，把我吓了一大跳。

“哎呀，老巫婆带来了一个小女孩啊……哎呀，好可爱的小女

孩。"这群蝙蝠的声音很刺耳,好难听。

"你们这群讨厌的蝙蝠,快点儿走开!她是我奶奶,才不是什么巫婆呢。"一听到这群没礼貌的蝙蝠说奶奶是巫婆,我就很生气。

蝙蝠落在白色的树枝上,倒挂着张望着我和奶奶:"哼,这么可爱的小女孩怎么可以没礼貌呢?”

奶奶转过头,眼里含着泪:“乖孙女,不要理它们,我们走。”

当到奶奶家的时候,扫把一下子变成芝麻大小,被奶奶放在自己的指甲盖里藏了起来。周围是白色的森林,树上停着白色的鹦鹉,这让我想到了《白鹦鹉的森林》里面那个神奇的森林。也许,这些树中就有一棵是属于奶奶的树,树上停着许多白色的鹦鹉吧。

森林里有长着四条腿快步奔跑的小鱼,有没有事就哈哈大笑的猫咪,有正在绣花的狐狸……当奶奶出现的时候,它们一个个都匆忙地关上了家门。

“巫婆来啦,巫婆来啦!”

难道奶奶真的是巫婆吗?或者说是巫婆变成了奶奶的样子?还没等反应过来,我已经被关在一个黑糊糊的屋子里,屋里仅有一盏红灯笼。那忽明忽暗的烛光让我觉得自己好像在做梦,做一个可怕的梦。奶奶为什么要把我关在小黑屋子里?我不喜欢这里,我要回家!

3 / 永远的奶奶

“奶奶,为什么要把我关在这里?放我出去,快放我出去啊!”我把门拍得啪啪响。

门“吱”的一声打开了。不是奶奶,站在我眼前的是一个满头白发、眼睛深陷、满口只剩下两颗大门牙,像是随时准备吃掉我的老巫婆。破旧的衣服上有许多许多的洞,和电视里的巫婆几乎没什么区别。

“老巫婆,快放我出去!”虽然我的声音很大,可是嗓音却一直在发颤。这个时候,不争气的眼泪就要流出来了。

“孩子，别怕，我不会关你太长时间的。只要你答应留在小屋，我会给你烤面包吃，带你在空中自由地飞翔，还可以教给你许多魔法。只要你答应我不离开这里。”

我坚决不答应，奶奶就关了门出去了。不对，是老巫婆关了门出去了。

晚上，老巫婆给我送来许多好吃的，还有许多好玩的玩具，我都没理她。在她转身要离开的时候，我一伸手把她腰间的钥匙摘了下来。当时，我的心都快跳出来了，不过还好没被她发现。

拿到钥匙之后，我轻轻地开了条门缝，探出头朝外面看了看，没有人。我这才打开门，朝着有灯笼的方向跑去。只要沿着那两排红灯笼一直往前走，就可以到家了。我跑啊跑啊，一盏盏灯笼都落在了身后，还有那片白色的森林……

“来可，来可，不要走啊。”老巫婆的声音越来越近了。我回头一看：哇！老巫婆正骑着她的扫把追了上来。

我加快了脚步，身上的汗涔涔地流。可是，老巫婆眨眼间已追了上来，扫把横在我面前。“来可！你想去哪儿？”她看来很生气，两颗大门牙凶狠地露在外面。

我被吓得哇哇大哭：“我还以为你是奶奶呢，可你不是！你就是一个大骗子，一个可恶的老巫婆，可恶……的老巫婆！”

没想到我的话一出，老巫婆就哭了。“其实我不是故意的，我也不想骗你。可是在白色的森林里，没有人愿意和我玩，他们都害怕我。本以为变成你奶奶的样子就可以让你留下来了，可是我知道即使你留下来，也不是因为我，而是因为你的奶奶。所以，我才想把你关起来的。我只想找个人陪陪我，陪我说说话，陪我坐着扫把一起飞。”

外表看起来凶巴巴的老巫婆，她哭泣的样子真像个孩子。我从来都不知道巫婆也会寂寞。在我的印象里，巫婆是无恶不作的。

老巫婆的眼泪“吧嗒吧嗒”地往下掉，红灯笼由近及远一盏盏地灭掉了，就好像是眼泪把这些灯光都扑灭了似的。

“我不愿意和巫婆整天在一起。”

“来——可——”老巫婆显得很伤心，转过身迈着沉重的步子往相反的方向走，“你走吧，我不勉强你。”她的声音很微弱。

“我的话还没说完，我是说，我不愿意和巫婆整天在一起，不过我愿意在空闲的时候，和巫婆偶尔在一起。但是——我有一个条件。”

“什么条件？”

“我的条件就是——你要答应做我奶奶，要和奶奶一样，陪我采蘑菇，陪我放风筝……当然，我也会陪你玩的。”

“来可，你说的是真的吗？你说我可以做你奶奶？真是太好了！”老巫婆激动地拉着我的手。

“嗯。”

“太好了！”老巫婆高兴地又从指甲盖里拿出扫把，带着我在白色的森林里飞行。“没想到我老巫婆也有孙女了。我的孙女叫来可。以后，我这个老巫婆再也不会寂寞了，有孙女陪着我呢！”没想到“奶奶”这么开心。

这么多年，我都没有奶奶的陪伴，现在认了一个巫婆当奶奶，这感觉真不错。我趴在“奶奶”的后背上，感受着“奶奶”的温暖。扫把飞过的地方，熄灭的红灯笼又一次亮了起来，一盏接着一盏。

创作谈

这里是我为十一二岁女孩写的故事。我不希望让她们只读到甜蜜如糖的童话故事，又不希望硬生生地把她们拽进成长的现实，所以才想以一种幻想小说的方式讲述成长的故事。

我想告诉每个人：在现实世界之外还有一个世界。在那儿，只要存在过的一切从来都不会消失，一切都会被记录下来。那个世界里有我们逝去的亲人，有我们的思念，有会说话的兔子，有可爱的巫婆奶奶，还有我们童年的种种美好……

宇昕想要说

在这条幻想和现实的边境线上，死亡、离别、伤痛……所有的都不再是不可拆除的那堵墙，我们可以顺着这条线抵达那个童话的森林，释放我们的所有悲伤，然后再走出来，微笑地面对现实。

——宇昕

用文字治愈心灵

每次写作的时候，都会塞上耳机听久石让的音乐，那些熟悉的曲子，清新而让人倍感温暖。每次看宫崎骏的动画作品，我都会陶醉其中。我常想，如果能随着这样舒缓的音乐，去宫崎骏构建的那个童话世界看看，那该多好啊！

相信每一个孩子都像我一样，曾经幻想着自己就是白马王子或者白雪公主，终有一天会带着心爱的玩偶走进那个幸福的城堡。

童话的世界太美好，但是每个生活在童话世界里的孩子，终究会因为逐渐长大而加深对这个社会的体悟和了解。

记得上大学的时候，我做过家教，辅导一个12岁女孩的功课，她叫萱萱。上小学六年级的她，内向而不喜欢说话。起初，一直都是我在说话，她只在一旁安静地听着。时间久了，她才试探性地、慢慢地和我进行交谈。那个时候，萱萱的父母正在闹离婚，她对我说她很怕，怕失去父母中的任何一个，怕他们离婚之后就再也不爱自己了。

我知道，十几岁的女孩，因为身体上和心灵上的发育，往往敏感而脆弱，更需要有人能懂自己，有人能关爱自己。那时，我送了萱萱一个本子，告诉她，只要把所有的不愉快写在本子上，心情就会变得舒畅。萱萱按照我的方法去做了，每天都会写日记，有时候也和我聊聊学校里发生的事情，不过很少聊她的父母。

她写在本子上，给我印象最深的两个字是——

我疼。

从那以后，我就开始思考一个女孩在这样的年纪，应该如何成长，应该如何顺利地从童年期进入青春期。

童年期的她们，把自己想象成白雪公主，会觉得亲人们永远都在一起，不会变老，也不会死亡。当她们真正面对离别、死亡的时候，就无法接受和应对了。

正因为这样，我才想写十一二岁女孩的故事。

我不希望让她们只读到甜蜜如糖的童话故事，又不希望硬生生地把她们拽进成长的现实，所以才想以一种幻想小说的方式讲述成长的故事。

我想告诉每个人：在现实世界之外还有一个世界。在那儿，只要存在过的一切从来都不会消失，一切都会被记录下来。那个世界里有我们逝去的亲人，有我们的思念，有会说话的兔子，有可爱的巫婆奶奶，还有我们童年的种种美好……

在这条幻想和现实的边境线上，死亡、离别、伤痛……所有的都不再是不可拆除的那堵墙，我们可以顺着这条线抵达那个童话的森林，释放我们的所有悲伤，然后再走出来，微笑地面对现实。

总要有这样一个世界，做女孩们的避风港，给她们温暖，给她们安慰，给她们想要的梦想。我想给女孩子们这样一个世界。

就像《蓝夏，愿做你的一颗牙》这篇发表于《儿童文学》的作品，讲述了一个生活在福利院的孩子——蓝夏的故事。大人们告诉蓝夏，只要长大了就能见到爸爸妈妈和奶奶，所以蓝夏盼着换牙。换牙就意味着长大，但是长大之后真的能见到已经离世的亲人吗？为了让蓝夏能自然而然地接受领养她的父母，所以我设置了牙精灵的情节。目的就是想告诉每一个福利院的孩子，即使你的亲生父母不在你身边，还有更多的“父母”来陪伴你。

《弟弟，你从未离开我》《巫婆，做我奶奶吧》是讲述离别和爱的；《何安在游，鱼在走》《一首歌里的相遇》讲述的是孩子在社会压力下渴望自由、寻求自由的故事。

我喜欢站在孩子的立场来讲述他们的故事，替他们说说话。即便是再顽皮、再捣蛋的孩子都是这个社会的弱者，相比圆滑、世故而又工于心计的大人来说，孩子们只是以最纯真的样子来做他们自己，他们更需要关爱和正确的引导，而不是简单粗暴的打骂。

大人们经常会说：“现在的孩子，多幸福啊，不知道为什么还不知足。”其实，孩子的世界，乍一看，好像单纯快乐，但当你细细观察之后，就会发现他们的世界并不是一个棉花糖般甜美的世界。当孩子受伤之后，是否也要用同样的方式伤害别人？我的答案是否定的。我想告诉他们，不管受到怎样的伤害，都要正直、认真、乐观地去面对这个世界。

在这个带有一点儿幻想色彩的小说世界里，我要把孩子们心里的所有幻想都写出来，同样要把他们心里的那些疼痛写出来。希望每一个拿起这本书的孩子，在细细品读的时候，能从中获得一种温暖而向上的力量，那我所有的努力都是值得的。

愿所有正处在童年美好时期的孩子，在即将迈入青春期时，都能微笑着面对前方的路。

宇昕哥哥在前方等你们。

宇昕

因为童年，因为爱

对于为什么要写作，而且写了那么多关于童年、关于成长的小说和童话，有时候就连我自己也说不清楚。

直到有一天，一个从小玩到大的玩伴说："读你的童话，就好像看到了我们小时候的影子，还有我们生活过的那个村庄。"那一刻，我突然明白了我为什么要写儿童文学了。

——是为了怀念自己的童年。

我出生在一个农村家庭，父母都是地地道道的农民，父亲淳朴，母亲善良。那时，我们家种了许多地，还养了一些鸡，栽了一大片苹果树……父母整天都在田里忙着干活，还不懂事的我就在一边看着，一个人有滋有味地玩了起来。

年少的时光，总是无忧无虑的，于是便有许多许多的时间和大自然亲近。

每天都在和大自然打交道：看着母鸡“咯咯咯”地叫着，然后下蛋；听着树上叽叽喳喳的鸟儿唱歌；自己一个人跑到草丛里捉蚂蚱……这些童年的快乐经历，变成了我从事写作的宝贵财富；那些清晰的影像在创作的过程中，一一走进了笔端的故事里。

我应该感谢父母，他们让我在童年时期尽情地浏览了这个世界，仔细地看了看这个童话般多姿多彩的世界，在我的记忆深处保留了这个世界最初的模样。

著名作家迟子建说过：“一个作家的童年经历，可以享用一生。”我对这句话深信不疑。今天，我笔下的那些故事之所以能带着自然的气息，清新而温暖，是与那片养育我的土地分不开的。我相信，无论走到哪里，我都不会忘记那个叫“史家泊”的村庄。

写作除了为了怀念自己美好的童年之外，还为了感谢养育我的父母。我的故事里描写最多的就是亲情，比如《带我去一个没有寒冷的地方》《弟弟，你从未离开我》《再靠靠你的背》等。

小时候，因为自己不懂事，把父母的爱当作了理所当然。直到成年，我才一点点明白，父母只靠种地养活我，并供我上大学是多么不容易。

我写的那些故事是为逝去的童年而写，也是为日夜操劳的父母而写。感谢他们给了我一颗温暖的心，感谢他们让我学会了如何去爱这个世界。

写了那么多关于亲情的故事，也是想让现在的孩子懂得去爱自己的父母，爱自己的爷爷奶奶，爱自己身边的每一个亲人。每当想起童年时，自己因为调皮、叛逆而和父母起冲突，还没有一点儿悔改之意，心里就会泛起酸酸的感觉。我希望通过自己的故事，让更多的孩子知道如何去爱父母、爱朋友、爱身边的每一个人。

在儿童文学写作的道路上，除了父母，还有其他要感谢的人：初中的语文老师喻明，高中的语文老师冷杰。他们是最初告诉我要好好写作的老师。他们告诉我要学会坚持，没有他们，我也不会热爱上文学。

另外，我还要感谢常新港老师和谭旭东老师。在刚刚从事儿童文学写作的时候，常新港老师的文字让我固执地告诉自己，要写就写出高品质的儿童文学作品；谭旭东老师的话给了我坚持下去的勇气。他们没有因为我是一个儿童文学创作领域的毛头小子而看不上我，他们给了一个新人太多的帮助和鼓励。在此，谢谢两位老师。

宇昕

附　录

《带我去一个没有寒冷的地方》是我写的第一篇幻想小说。我还记得，那是初冬时节，窗外凛冽的寒风无休止地吹着，妈妈坐在炕头上，一个劲儿地说冷。我家在农村，屋子里是没有暖气的，而且妈妈还有老寒腿。于是，我的脑海里就冒出了那样一个念头：如果这个世界上有一个四季如春，没有寒冷的地方该多好啊！夜深的时候，妈妈早就睡下了。我从被窝里爬出来，在电脑上敲下了"带我去一个没有寒冷的地方"这几个字。这篇小说是为妈妈而写的，后来被《童话世界》采用了，之后又被选入了《2010年最佳儿童小说》。这篇小说开启了我的儿童文学创作之路。

宇昕的作品

我一直都告诉自己，一定要为我的狗写一篇小说，想着想着，便有了《哑狗》这个故事。我家养狗，因为狗，童年时那个孤独、内向的我变得开朗了，会笑了。它默默地陪伴着我，我就是它的全部。所以，我一直都觉得狗是有感情、有灵性的动物，不，与其说是动物，我更愿意把它当亲人来看。

——宇昕

宇昕发表的作品

像条鱼一样游在云里	☆《儿童文学》2011年第7期 ☆《意林·少年版》2012年第1期 ☆《少年文艺(阅读前线)》2012年第4期 ☆《中外童话画刊·经典读本》2012年第9期 ☆ 收录于《燃情毕业季·意林少年版5周年精华收藏季系列》吉林摄影出版社　2012年7月出版
一首歌里的相遇	☆《童话世界》2013年第2期
鸽子不飞	☆《中学生百科·写作》2012年第6期
董和和,心里有片自由的海	☆《意林·小文学》2011年第9期 ☆《雪花》2011年第10期 ☆《新校园·阅读版》2011年第12期
再靠靠你的背	☆《意林·童话》2012年第8期
蓝夏,愿做你的一颗牙	☆《意林·童话》2011年第7期 ☆《儿童文学》2011年第8期
一曲韶华	☆《小溪流(成长校园版)》2011年第1期
路灯下的女孩	☆《小溪流(成长校园版)》2011年第4期

蝉为谁舞	☆《中外童话故事画刊》2011年第9期 ☆ 收录于《当代名家童话精选》重庆出版社　2012年6月出版
哑狗	☆《小学生阅读》2011年第11期
双鱼不相忘	☆《新悦读》2012年第4期
雨水是姥爷掉下的泪	☆《雪花》2011年第12期
何安在游，鱼在走	☆《意林·童话》2013年第1期
通往梦里的13号地铁	☆《儿童文学》2012年第12期
笔仙，谢你许我一个梦	☆《意林·童话》2012年第11期
弟弟，你从未离开我	☆《意林·童话》2012年第6期
带我去一个没有寒冷的地方	☆《童话世界》2011年第4期 ☆ 收录于《2010年最佳儿童小说》湖南少年儿童出版社　2011年2月出版
巫婆，做我奶奶吧	☆《少先队员：成长树》2011年第3期 ☆《小学生阅读》2011年第4期 ☆《课堂内外·小学版》2011年第5期 ☆ 收录于《当代名家童话精选》重庆出版社　2012年6月出版 ☆ 收录于《2011年最佳幼儿文学》湖南少年儿童出版社　2012年3月出版